荒野と家

アメリカ文学と自然

安井信子

青簡舎

目次

荒野と家——アメリカ文学と自然

個の成熟と荒野

一　個人と不安

「今自分にとっての問題は何か」とセミナーやワークショップで参加者に問いかけて、皆が自由に話し合ってみると、多くの人が本音のところで次のように述べることがよくある。「周りの人といい関係になるにはどうしたらよいか」、「家族とちゃんと向き合えていない」、「周囲に気を遣いすぎて振り回される」、「自分が本当に何をやりたいのかわからない」、「いろいろやっても結局自分は何をやっているんだろうという不安がある」などという発言である。これは、一つには周りとの人間関係の問題であり、もう一つは本当の自己とは何かという問題であって、日本の種々のセミナーでよく見られる反応である。その後で、「不安を覚えてもいいのだ。不安から自覚が生じるし、人とのつながりができて、自分の世界が広がって行く」と、不安を積極的な観点から見る意見が出ると、参加者の活気や注意力は俄然高まる。二十一世紀に入ってもこの状況は基本的には変わっていない。世の中の変動にもかかわらず、日本には自己と人間関係について不安感を持つ人が非常に多いということだ。

当然ながらこの不安は、特に子供や若い人たちにはっきりと現れる。例えば、不登校、いじめ、自殺、薬物摂取、過食・拒食症、引きこもり、殺人事件まで。こういう現象は様々に分析されているが、少なくともそれが子供たちの、日本社会への反応であることは確かだ。「いい学校」「いい就職」を目指す画一的な価値観が浸透した社会、つまはじきされないように周囲に合わせる均一性にからめとられている子供たちは、その中で「自分であること」をほとんど許されない。そのシステムから弾き出され、あるいは落ちこぼれるか、周りの無形の圧力に過剰適応するしかない。一見うまく順応した、勉強のできる子供にも、「よい子の息切れ」「バーンアウト」と呼ばれる無気力症状が見受けられる。一方、世の中の変化が激しくなり、従来のシステムにほころびが出来て来ると、ますます混乱は増し事態は悪化していく。

こうして表面では社会に適応しながら、あるいは社会から疎外されながら、人は心の奥で「自分とは何だろう」と戸惑い、自分がわからないゆえに対人・対社会関係に苦しみ、もしくははっきりと自覚していなくても、自分の在り方に漠とした不安を抱く。日本人のこの不安は、一個の人間として成長し、成熟し、人生を全うすることが困難であるという現状から来ている。それは、一個の個として成熟するということはどういうことなのかという疑問を私たちに投げかける。西洋の個人主義の影響下に入って久しい今、私たちはもうこの問いを避けることができない時点に来ている。西洋の中でも日本が最も大きな影響を受けたアメリカの場合を参照して、個とは何かという問題から考えてみよう。

二　アメリカの個人

個人という概念は西洋から来ている。ルネサンスのころから始まったとされる個人主義とは、個人を基本、あるいは出発点として、社会や集団の利益に優先させる見方である。ダーウィンの進化論も、個体間の競争、つまり自然淘汰を基礎としており、個が出発点になっている。この進化論を、まず種に目を向けた今西錦司の棲み分け理論と比較すれば（今西）、その余りの対照に驚かされる。個人主義は西洋の顕著な特徴といってよい。その西洋から、さらに自由を求めて飛び出した人々が形成したアメリカ合衆国は、さらに個人主義的であり、個の確立への希求が強いと言われている。とはいえ建国の初めからそうだったわけではない。

一六二〇年、主として宗教的自由を求めて、ピルグリム・ファーザーズはプリマスにやってきた。皆が夢見た新天地は、上陸してみると全くなじみのない「荒涼とした恐ろしい荒野」であり、最初の冬に百余人のメンバーのうち半数が命を落としたほど過酷な自然だった。これほどの厳しい環境では、個々人の自由など論外で、何よりも集団として生き延びることが優先され、「彼らは個人であるよりも前に、まず全体の秩序に厳しく帰一しなければならなかった」（酒本）。このピューリタンの秩序、神の掟と考えられたルールに背く者は、厳罰に処せられ、もしくは荒野に追放され、あるいは死刑によって排斥された。人々は自然の人情や抑えがたい感情も時として否定しなければならず、こうしたピューリタニズムの強烈な抑圧性は、アメリカ文化に根深い影響を残した。

しかしやがて共同体の生存が保証され、社会の生産力が増すにつれて、個人に対する見方も変わっていく。人々は発展の可能性を求めて、次々と未開の西部に進んでいった。白人には広大で手つかずの自然と見えた西部は、「世界は無限の可能性を持ち、人間はどこまでもそれを追求できる」という世界観を可能にした。人間は教条主義に抑圧される個人から、「無限性を持つ個人」（エマソン）、「目を真っ直ぐに内部に向ければ、心の内に未発見の地域が幾百となく見出されるであろう」個人（ソロー）へと変貌していった。その無限の個人というイメージは、十九世紀のアメリカにおいて、ヨーロッパとは比較にならないほど顕著だった。移住から始まったアメリカには、長い歴史を経てできる、土地と人とがなじみあった土着の共同体や文化がなかったため、その庇護もない代わり、伝統の圧迫もなかったからだ。その上人間に征服されていない荒野、広大な野性の自然は、人の心の内なる自由、無限性への欲求を呼び覚まし、人々は旧世界的社会通念から自らを解放しようとした。R・W・B・ルーイスの言葉を借りると、当時のアメリカ人の自己イメージは、「歴史から解放された個人……一人で立ち、自らに頼り、自らの力で前進し、自分独自の生得の力により、何が待ち受けていようともこれに立ち向かう」人間だった。

興味深いことにアメリカ文学には孤児の主人公が多い。ヨーロッパに比較すればアメリカの状況は、家の中で手厚い保護（あるいは重圧や拘束）を受ける子供より、初めからそういうもののない孤児に似ている。環境が過酷であれば、孤児はただ生き延びるために全力を尽くさなければならないが、ある程度恵まれた環境なら、親や世間に刷り込まれる既成概念に捉われず、自由に生きるチャンスが与えられる。歴史の浅いアメリカの場合、その環境は伝統的共同体よりもフロンティアという自然の要素を色濃く持っていた。例えば『鹿殺し』のナッティ・バンポーの住む世界は野性の森であり、『白鯨』のイシュメイルの場合は荒海である。

作品中の孤児を例に取ると、ディケンズの『オリヴァー・トウィスト』では、オリヴァー少年はイギリスという伝統的社会の中で生きていくことを学ぶが、マーク・トウェインの描くハックルベリー・フィンは、彼を教育しようとする大人たちからミシシッピ河の自然の中に逃げ出して、筏の上で「自由で気楽な」暮らしを満喫する。実を言えば、確かに「自由」ではあるが「気楽」なときばかりではない。嵐や人間の暴力に対してハックはどれほど恐れ、逃げまどい、戦わなければならなかったか。野性の自然の中では、外部の脅威から守ってくれる家も共同体もなく、自分一人の力で切り抜けなければならず、一歩誤れば命を落とす。だから主人公はいっそう切実に己の強さと自己の拠り所を切望する。したがってアメリカの個人の特徴は、自由を求める激しさとその状況の厳しさといえる。次に、身をもって「個」を探求した何人かのアメリカの作家を取り上げてみよう。

三　無限の個人――ソロー

一人の個人として生きることの意味を徹底して追求したのは、H・D・ソローである。しかも単に思想や観念ではなく、彼はそれを生活の中で実践した。一八四五年、マサチューセッツ州コンコードの町から一マイル半ほど離れたウォルデン湖の近くの森の中に、彼は自分の手で小さい小屋を建て、二年余り一人で暮らし、その経験を『ウォルデン』に書いた。「大部分の贅沢は、そしていわゆる人生の慰安物の多くは、人類の向上にとって不可欠でないのみならず、積極的な妨害物だ」(W14頁)として、彼はぎりぎりの必要物以外の物を全て捨て、生活を単純化し、時代や文明の変化に左右されない「人間の本質的法則」を、生きる基盤を探求した。今日のために家を建て、明日のために墓を作り、「自らの道具の道具になってしまった」人間にとって、「最高の芸術作品は、この状態から自分自身を自由にしようとする闘いの表現だ」と彼は言う。ゴミやがらくたを一掃して更地に種をまくように、物質的のみならず精神的、社会的がらくたのない「戸外」、「大気の中」に身を置こうとしたのである。

じっくりと腰を据えて、意見や偏見や妄想や外見のぬかるみと泥の中を……しっかりと足を踏みしめて進みながら……我々が「実在」と呼ぶ、根の座った堅い岩底に達し、これだ、間違いない、と言おうではないか。（W97—98頁）

この「堅い岩底」こそ個人の拠って立つところであり、町から離れた森の自然はこの「岩底」に通じるための、夾雑物のない世界であった。

しかしソローのいう人間とは、常に一人生きる個人であり、平たく言えば単身の成人男性であったということは注目に値する。ウォルデンの池を訪れたとき、私はそこに建っていた原寸大の模造の小屋に入ってみた。それは思いのほか小さく隠者の庵にも似て、女や子供を受け入れる住まいではなかった。この小屋の住人が家族などという考えを一切もたなかったことは一目瞭然だった。野田研一氏も、ソローの家がどこまでも「一人で生きる家」であることを指摘し、「この徹底した個人主義は、共感するにせよしないにせよ読者をたじろがせるものではないか。なぜならそれはやはりきわだって限定された条件の下でしか起こりえない、しかも、本来決して持続的ではありえない不可能な夢であるからだ」(久守34頁)と述べている。だがその不可能な夢を、ソローが実際に生きたというその実験性、冒険性にこそ、多くの人が惹きつけられるのではないだろうか。彼は既存社会の束縛から我とわが身を解き放ち、自由な個人の可能性を限界まで探ろうとしたのだ。「もしも君が、父母や家族を捨て、妻子や友人たちとも別れ、二度と会わない覚悟ができていれば……君はいつ散歩に出かけてもいいのだ」とソローは言う。「散歩」(sauntering)とは、彼の解釈によれば、「聖地(Sainte Terre)探求」であり、「土地喪失」(sans terre)であって、「特定の故郷をもたず、しかもどこにいても安住しうること」である。こういう姿勢で彼は「独りでいることを愛し」、自然の中で自由な個人としてあることを味わい検討したのだ。

彼は、固定観念に縛られ抑圧された生き方を拒絶しただけでなく、自然が人間の制圧下に入ってしまうことにも反対した。「限りない地平線を背景にもつ」ことによって、個人が無限であることを希求する彼は、観念化されない、ヒューマナイズされない野性の自然を求め続けた。「我々は荒野の強壮剤を必要とする。すべてのものを探索し学び知ろうと熱心になると同時に、我々はすべてのものが神秘であり……陸地と海が無限に野性的で……計り知れないがゆえに、測量されずにあることを要求する」(W317―318頁)。一八四六年、ソローはメイン州のクターデン山に登り、「雲と風と岩の山頂」で、「広大で荒涼としていて、人を寄せつけない自然」に出会った。

確かにここの自然は美しい。だがどこか寂しく、恐ろしい。……これこそカオスと太古の闇から作られた原初の大地だ。ここには人間の地はなく、あるのはまっさらの地球だけだ。……それは人が歩み、あるいは埋葬される「母なる大地」では決してなく……広大で恐ろしい物質そのものなのだ。……私は自分の身体を畏れをもって見る。私を縛るこの物質は既に見知らぬ何ものかだ。私は精神や霊魂を恐れない。それは私と一体だからだ。だが私は身体を恐れる。……我々は一体何者なのか、そしてどこにいるのか。（M97頁）

かつてピルグリム・ファーザーズの眼前に荒野があったとき、彼らは荒野を敵視して人間社会を築こうとした。ところがソローは因習的な人間圏から脱却して、荒野に直面しようとした。そして人間など歯牙にもかけぬ野性の自然を見つめ、そればかりか自分の身体の「物質そのもの」にも畏怖を感じたのだ。彼は人間の共同体に身を置きながら、自然に親しみ、自然を探求し続け、最後まで「我々は一体何者なのか」を問おうとした。ソローが現代のエコロジーに大きな影響を与えたのは、彼のいう「個人」が、浅薄な人間中心主義から脱した、荒野を含む大きな生命観の中にあったからである。

四　勝利する個人——キャザーとヘミングウェイ

ソローに見られるように、荒野の中に個人を置いて見ることはアメリカ文学の一つの特徴である。ソール・ベロウの言葉を借りると、「アメリカ人は空《くう》（emptiness）を背景として自分を定義する」のだ。「エンプティネス」とは既成物が何もない状態であり、荒野はその好例である。例えば一八八三年、八歳でネブラスカの辺境に移住したウイラ・キャザーの文学は、「世界の果てを越えてしまい、人間の管轄圏外にあると感じた。……その大地と空の間で、私は拭い去られ抹殺されるように感じた」（7—8頁）という強烈な体験から出発した。その自然は彼女にとって、「世界の果てを越えて真っ直ぐに歩き続けたかった……もう少し行ったら太陽と空だけになり、人はその中に漂いこんでいくだろう」という無限性を備えていた。このように自然は圧倒的だが、文化や芸術の面はごく貧弱な片田舎に暮らし、彼女は強い意志をもって周囲の偏見と闘い、都会に移って作家として成功を勝ち取った。しかし皮肉なことにキャザーの最良の作品は、何といってもフロンティアの力強い開拓者を描いたものである。都会に住みながら、彼女は常に荒野に心惹かれていた。「決して振り払うことのできない情熱で、その草一面の土地に虜にされた……それは私の人生の幸福であり、呪いであった」と彼女は言う。なぜなら人跡まれな荒野は「永遠の若さを、力を、どこまでも可能な成長を確信させてくれる」一方で、人を受け付けず、現実にそこには住めないからだ。その上二十世紀初頭には、かつて広大だった自然も急速に消滅し、キャザーは次第に作品の題材を過去や宗教に求めるようになる。荒野を背景に持とうとする人間は単身たらざるをえないとでもいうように、キャザーもまた終生独身だった。

「アメリカ及び個人としてのアメリカ人の栄光と悲惨を、最も如実に照射した作家」（大橋293頁）といわれるヘミングウェイも、狩猟を好む父親の影響で、野性的な自然になじんで育った。しかし彼にとって主たる背景となった「エンプティネス」は、第一次世界大戦で経験した「悲劇性を奪われたただの死」、つまり悲惨で無意味な死であった。彼が戦争から学んだのは、人間は人生を全うして往生するのではなく、無意味に「殺される」ということだった。この無意味、虚無に対峙して個人はどう生きうるかという問題が、彼の作品の根底にある。彼が出した答えは、「人間は破滅させられる（destroyed）かもしれないが、打ち負かされ（defeated）はしない」（『老人と海』）という言葉に集約される。「打ち負かされない」とは、いずれ「殺される」とわかっていても全力で自分にできるだけのことを正確に行なって、動揺せず耐えることだ。彼が好んで戦争や狩猟に赴いたのは、そのハードなストイシズムの美学を成立させるために「生と死の感情を与えてくれる明確な行動」が、いや露骨にいえば「暴力的な死」が必要だったからである。例えば「暴力的な死」を伴う闘牛を彼が熱愛していたことはよく知られている。彼は闘牛の名著といわれた『午後の死』で、闘牛の完璧なパフォーマンスは「己を自己の外に連れ出し、不死の感覚を味わわせ、宗教的法悦にも劣らぬほどの深い陶酔感を与える」と称賛している。彼が求めたのは単なる過激なスポーツやレジャーではなく、死に直面することによって個人を抜け出す体験であり、闘争と死を通じて味わう超個の（transpersonal）感覚であった。

しかし、個の孤立から抜け出すために、殺しと死以外に道はないのだろうか。『老人と海』の主人公は、巨大な魚に「わしはおまえほど大きくて穏やかで気高い奴を見たことがない。さあ、わしを殺せ。どっちがどっちを殺そうとかまわない」と話しかける。そして「これを愛しているなら、これを殺すのは罪ではない。……あらゆるものが何らかの仕方であらゆるものを殺しているのだ」と独語するが、敬意や愛の表現さえ殺しの形を取らなければならないのだろうか。殺しや闘争によって虚無から意味を勝ち取るヘミングウェイの生き方は、あくまで強さを必要とし、老いを許容しない。中島顕治氏は、彼のヒロイズムをネイティヴ・アメリカンの人生観と比較して、「成人儀礼から戦士へというプロセスだけ」で、「戦士から家族の長へあるいは人望篤い酋長へ、そこから孫に囲まれる好々爺へというプロセス」が欠けた、「不自然で偏狭な生き方」（179頁）だと述べている。

無限あるいは無を背景とし、家族や共同体が本質的に欠落している個人は、常に一人立つために「永遠の若さと力」を必要とする。ソローも自然の若々しさと朝を好み、例えば「その弾力のある力強い思いが太陽と歩調を共にする者にとっては、一日はいつまでも朝である」（W89頁）と書いている。キャザーの作品にも、「平原の……はるか昔の最初の朝」（『雲雀の歌』）、「湖から太陽が昇り、そこで一日が始まった」（『教授の家』）、「ニューメキシコではラトゥールはいつも若者として目覚めた。……やわらかく野性的で自由な何かが……心を軽くし……幽閉された人の心を解き放つのだ、朝の中へ、朝の中へ！」（『大司教に死は来る』）など、朝の言及は数知れない。野性と自由と朝について書かれた彼らの文章は、読者の心を打たずにはいないほど伸びやかで爽やかだ。しかし大抵の場合、このいつまでも若い個人は成熟から老いに向かう道をもたない。ヘミングウェイも虚無に打ち負かされない己の力を誇り、弱さや老いを拒んだ。あらゆる人間が通過する成熟、老成、死という行程が、このように否定すべきものとされるのはおかしくはないだろうか。アメリカの個人はどうすれば順当に成熟し、老いることができるのか。

五　委ねる個人

アメリカ文学のヒーローには強い男が多いが、強いがゆえに彼らは老い方を知らない。強者は破局が来るまで自分の無力さに気付かないからだ。その破局の一つにアルコール依存症がある。一九三五年、ＡＡ（アルコホリクス・アノニマス――アル中更生会）を発足させたビルとボブについて、斎藤学氏は『魂の家族を求めて』の中で次のように述べている。

二十世紀のアメリカ人ほどパワー(力)の論理を信じた人々はいなかったのではなかろうか。……男は強くなければならない。筋肉も、頭も、風貌も衆に優れているべきだ。強い力で自然を切り開き、他者を屈服させ、女を従属させるものこそ、アメリカの大人の男であるというわけである。……ビル、ボブなどのアル中は、アメリカの最も強い部分(白人、中産階級、キリスト教)から出て、ここから脱落していった人々であった。そうした人々の中から、パワー信仰を狂気とみなす考え方が生じてきたわけである。(14―15頁)

資産も名誉もある株屋だったビル即ちウィリアム・ウィルソンは、大恐慌で破産してアルコール依存症になり、医者からも見放され、絶望のどん底をくぐって、当時社会的自殺に等しかったカミングアウトをし、AAという自助グループを作った。このAAには十二ステップの回復プログラムがあって、それはまず、ありとあらゆる努力をしてもアルコールをやめられなかったという、「自分の無力(パワーレス)を認める」ところから始まり、自分が無力である以上、「自分自身より偉大な力を信じ、それに自分を委ねる」しかないことを理解するステップへ、さらに「まだ苦しんでいる仲間への援助」へと続く。自分一人ではどうにもならなかったけれども、お互いに他人を必要としていることに気づいて、そういう自分を受け入れると回復に向かうことがわかったのだ。ＡＡのルールは、リーダーは支配しないこと、組織はあるべきでないこと、全員無名（アノニマス）であるべきで、各個人よりもＡＡの原理が優先することなどである。これは十九世紀アメリカの「一人で立ち、自らに頼り、自らの力で前進する……限りない個人」と対極にある。一人立つ強者たちからなる社会の最強層においてこそ、苛酷な競争のストレスからアルコール依存者が続出したのだ。そして自分一人の無力を知り、他者とともに支え合っていくか、さもなければバラバラの個人として壊滅するしかないと確信したのだ。それはアメリカの個人像が大きく変わり始めるときであった。

ベイトソンによると、アルコール依存者は「自己」の捕らえ方に認識論的エラーがあるという。彼らは自己を周囲から切り離して周囲を対象化するように、自己の精神を対象化して、モノ化した自己を叱咤激励しコントロールしようとする。対象とした周囲や自己に対して競争的関係をもち、負けまいとし、その戦いはエスカレートする一方なので、「酩酊して初めて……関係の中でやわらぐことができるのである」(47頁)。これはアルコール依存者だけではなく、そのままアメリカの多くの強者に当てはまる。ただ彼らはアルコール以外のもの――仕事、昇進、スポーツ、ギャンブルなどに「酩酊して」やわらぐという点が違うだけだ。酩酊しなければやわらげないほどに、常に競争して勝ち、相手をコントロールしなければ自分の存在感が得られないのは、「自己」の捕らえ方に「エラー」があるとしか考えられない。相手を自分に依存させることでコントロールしようとする人と、相手に頼ることでコントロールしようとする人との二者関係を共依存というが、アメリカの全人口の約九十六パーセントは共依存者だというデータもある（シェフ）。日本では庇護・依存のタテ関係によってほとんどの人が共依存関係にあるのに比べ、アメリカではヨコ関係の熾烈な競争によって共依存者なのである。アメリカでは個の確立が強いといわれるが、それはこの競争共依存症が顕著であるということにほかならない。競って勝とうとする自我の能動性のために個の強さが目立つのであって、それは決して個の成熟を意味するのではない。

「パワーと他者コントロールによって成り立つ」現代社会の歪みと脆さが明らかになってきたとき、己の無力を認め、自己を委ね、ともに助け合うというＡＡの概念は、次第に全アメリカに、世界に広がっていった。一九六一年、ウィリアム・ウィルソンがＣ・Ｇ・ユングからもらった手紙によると、「アルコールへの渇望はある霊的な渇きの低い水準の表現」であり、「その渇きとはわれわれの存在の一体性（wholeness）に対する渇きであり、中世風の言い方をすれば、神との一体化ということ」（38頁）であった。それはバラバラの個人、他者を支配しようと互いに争う個人、「皮膚に閉じ込められた孤立したエゴ」（ワッツ）から抜け出る道を示唆した。「存在の一体性に対する渇き」とは、人間の自然な欲求であり、ジョン・Ｃ・リリーによれば「人類の生存のために不可欠」である。オルダス・ハクスリーはこのことを「自己を超越したいという切望は、今も昔もかわりなく人間の魂のもつ基本的欲求のひとつだ」と表現している。個人一人がいかに強くても、闘争やヒロイックなストイシズムによっては全き（whole）自己に成熟できないことを、ドロップアウトしたもと強者たちは身をもって教えてくれた。ここに来てようやく人々はＡＡのいう自己の無力さを受け入れ、他の人とともにあることの意味を理解する段階に入る。二十世紀後半から、個を超えて支配・被支配でない人のつながりに向かう動きが強まっていく。アメリカの個人はようやく成熟し始めたのだ。

六　個人と一体性

全米図書賞を受けたソール・ベロウの小説『ハーツォグ』（一九六四年）は、博覧強記、頭脳優秀な知的エリートを主人公としている。ハーツォグ教授は妻に離婚を言い渡され、友人に裏切られ、深刻な神経症に陥る。自我崩壊の様々な苦悩を経て、己の無力に直面させられた彼は、ついに「人は自分自身のために幸福を必要とするのではなく……もし何か偉大なものが——彼をそしてあらゆる存在をそこに没入できる何かがあれば」耐えていけるものだ（296—297頁）と悟る。作品の最後で、彼はこれまでのことを回想しながら、「もし僕の頭がおかしいとしても、僕は大丈夫だ」と思うのだが、「頭がおかしい」というのは強者たる個人からみた場合の自分であり、「大丈夫」なのは「何か偉大なもの」に自己を委ね、支えられている自分である。それから十八年後に書かれた『学生部長の十二月』の結末では、天文台の開いたドームから空を見て、主人公は「生きている天空が自分を吸い込もうとする」かのように感じ、「石、樹、動物、男と女」も星々も自分も根底では一体だという確信に打たれる。孤立する個人から他と一体感をもつ個人へ向かう動きを、この主人公たちははっきりと表している。

このことを衝撃的な感動とともに私たちに伝えてくれるのは、『第三世界の脚で』（一九九二年、邦訳『レッグス』）を著したブライアン・ウィルソンである。スポーツ万能で明るい、ごく普通の青年だった彼は、一九六九年ベトナムの村で、爆撃で死んだ母子を見て涙を流し、自分でも思いがけないことに、「この人は私の妹だった、この子たちも私の子供だった……」とつぶやく。それは「私の奥深い、知られざるところから」湧いてきた言葉だった。「私は最も深い意味で生まれ変わったのだ……そこから私の長い償いの旅が始まったのである」（39―43頁）。彼は帰国すると歴史、哲学を学び、アメリカが先住民や他の国々に行なってきたことを知って愕然として、殺人や侵略戦争を行なう政府に税金を払わないことを言明し、平和のための非暴力運動に専心した。彼によれば、「非暴力は自分の中の深いところにある。それは頭で判断して実行に移せるようなものではない。……非暴力とは……愛するために命をかけることである。もし愛することを学ばなければ、私たち自身が破滅する」（67頁）。この「自分の中の深いところ」とは、「頭で判断する個人」を超えたもの、その中では自分と他者は同じ命であると実感できるような魂の深部である。

一九八七年カリフォルニアで、非暴力の座り込みによる武器運搬列車阻止を行ない、ウィルソンは機関車に轢かれ、奇跡的に命は助かったものの、両脚を切断された。しかし地雷で脚を失った多くの人に会って既に泣き尽くしていた彼は、もはや自分の脚を失って泣くことはなく、「却ってこの世界の本質により深く触れるようになった」という。

もはや私は、たんに虐げられた人々と感情、知性、経験の面で親近感を分かち合うだけではなくなった。……ベトナムのヒューやマイ・リー、ニカラグアで見た墓地へ向かう棺の中の母子、さらに合衆国の政策によって殺され、不具にされ、脅かされ、貧しさへ追いやられている世界中の無数の人々と、私はついに一体となったのである。こうして私の脚は、本当の意味で第三世界の脚へと生まれ変わった。（145頁）

脚とは人が自分で立ち、歩く手段、いわば個の確立、自立の象徴である。両脚のないウィルソンは自分だけでは立つことができない。第三世界の脚とは、互いに助け合わねば立っていけない弱者の脚である。彼の著書は「私たちはお互いを必要としている。私にはあなたが必要なのだ」という文で終わっている。人は義足をつけて歩くとき、それを作った人たちや他の人たちの支えを思い、自分が一人で生きているのではないことを感じるにちがいない。


私は一人で生きているのではない。

天地万物の生命が支えてくださっている。

私は一人で生きているのではない。

多くの人々の恩恵によって無事過ごさせていただいている。

私が作ったものは何一つない。

地球、太陽、空気、水、生物、鉱物等、すべて大いなる御方が用意して下さったものだ。

私がこの世で使うもので、自分が作ったものは何ひとつない。

一切は他の人が働いてくださったおかげだ。

これほどの無上の喜びが他にあるであろうか。

今私は、尊くももったいない一瞬一瞬を生きている。


これは日本人の書いた詩の一部だが（尾崎）、ウィルソンの文章から伝わる一体感をさらに深めたものといえよう。他者を、世界を、自分から切り離さず、人々の深いつながりを体感するとき、閉塞的な個人から世界へと開かれるとき、それは無限性へと通じる。とすれば、個人は必ずしも無限の背景を求めて単身で荒野に赴く必要はない。おそらくアメリカは、野性の自然をほとんど失って初めて自然の意味に気づき、孤立する個人の限界まで行って初めて世界との一体性を発見したのだ。成熟とは個を超えて一体性に至る道であった。

七　日本の個人

日本における個の問題は何だろうか。前述のように、アメリカの共依存が相手に勝つことで支配しようとする競争タイプであるのに比べ、日本ではしてやりしてもらう庇護・依存タイプの共依存が圧倒的である。例えば平井雷太氏は「日本の企業は自立した社員を、親は自立した子を、本当に育てたいのか。どこかで自立を望んでいないのではないか」と指摘する。日本が自立を阻むシステムになっているのは、社員（子）に自分を頼らせることで成り立つ会社（親）と、会社（親）に頼って生きる社員（子）の関係に見られるように、日本全体が共依存関係にあって、それに気づいていないからだ。斎藤学氏は「共依存的人間関係は、私たちの社会では当たり前のこととして受け入れられている」と述べている。他国に比して日本に対人恐怖の症例が際立って多いのも、「自己評価の基準が自分にではなく相手に、すなわち他者評価に全面的に依存している」

という、共依存の一現象にほかならない。

アメリカには、良かれ悪しかれ評価基準を自己のうちに内在化して、それによって自己主張しようとする傾向がある。これまで見てきたように、アメリカの個人たちが荒野を背景として自己を定義しようとしたのも、社会の既成通念に捕らわれず、人間の根底的な基準を自分の中に捕らえたかったからだ。逆に、評価基準を自己の外部に置く日本では、他者評価を基準とするが、現在のところ一般にこの他者とは、世間という曖昧で相対的な、ごく不安定なものである。そのためにスケープゴートを作り出して、それを攻撃、排除することで集団の安定を図っていく傾向がある。それはともすれば停滞、閉塞となり、成長、成熟の拒否となる。現在の日本人の不安や、子供たちの不登校、いじめ、暴力もここに根がある。しかし、アメリカの孤立する個人がその限界まで行きついて、パワー信仰の誤りに気づき始めたように、個が癒着していわばトリモチ団子になりがちな日本のしがらみ社会も、そろそろその限界に近づき、転換点に差しかかっているのではないか。

中山治氏は著書『「ぼかし」の心理』において、精神活動のみならず生活のあらゆる面で、日本人が極めて頻繁に用いる「気」について考察し、それが日本人の心を特徴づける鍵概念であると主張している（58頁）。「気」とは多義的で曖昧なもの、木村敏氏の言葉を借りると、「一応は自分のものとして言われていながら、自分の自由にならぬもの、周囲の情勢次第でいろいろに変化するもの、その意味で『人と人との間』にあるもの」（168―169頁）である。日本のこの「気」に対して、西洋人の心を特徴づける概念は、エリクソンのいうアイデンティティ（自我同一性、主体性）であるといえる。それを考えると、西洋の個人は明確な輪郭をもち、他者に対抗しようとし、日本の個人は自己と他者との境界が曖昧であるという特徴を持つことは、当然であるといえよう。一般に「ぼかし」とは曖昧さ、逃避、論理的矛盾に対する鈍感さ、安易に流されやすい不安定さなど、否定的な文脈で用いられることが多いが、一方ではきわめて重要な、肯定的な要素をもつことに注目する必要がある。例えば自然に対するアメリカと日本の姿勢を比べてみよう。アメリカでは、荒野を支配するにせよ探求するにせよ、人間界と自然界を峻別し、あくまで人間界を中心に置く。人間と相容れぬ「野性」や「荒野」の概念はそこから生じる。しかし、伝統的に自然となじみ合い溶け合って生きてきた日本では、そのような人間と自然との明確な境界は存在しない。「自然の中に自他ともども包まれてある」という感覚は、無意識にせよ今も多くの日本人に共有されている。これを捨ててアメリカ的人間中心主義で独走すれば、その歴史が如実に示すとおり、自然破壊に行き着くことは必然であろう。

日本人の「ぼかし」の心性の肯定的な要素とは、今ここにいる個人が、遥かに大きい何かと分かちがたくつながっているという、自然のみならず個人や組織を超越した普遍性にオープンである感性であり、換言すれば、一体性への感受性の高さである。「以心伝心」や俳句の世界はそれなくしては成り立たないだろう。それは言語（ロゴス）化できないゆえに、西欧論理に偏る現代では把握されにくく、肯定的な面まで否定的に捕らえられてきた。しかし個の成熟にとって、これは今こそ生かすべき最適の資質ではあるまいか。とはいえ、「気」に基づく「ぼかし」の心性は、これまで保護・被保護の共依存、癒着的人間関係として日本社会にネガティヴに作用してきたから、日本人はそこから抜けるプロセスとして、ひとまず自他の境界を明確にし、個人を獲得しなければならないだろう。そのためには、自分が他者評価や固定的画一的な価値観に規定されなくても大丈夫だ、という安心感が必要だろう。自己の外部に評価基準を置く場合、それを世間とするから不安定になるのであって、自然のようにより普遍的なものに目を向ければ、普遍性にオープンである感性が十全に生かされるはずだ。「私は一人で生きているのではない」、「天地万物の生命」と「多くの人々の恩恵」が「私」を支えてくれているという安心感が浸透していくにつれて、一体性志向という特性は日本人の個を大きく飛躍させ、それによって世界に大いに役立つことができると思われる。

〔文献〕

1　Bellow, Saul　*Herzog* Penguin Books, 1978
2　Bellow, Saul　*Dean's December* Harper & Row, 1982

3 Cather, Willa *My Antonia* Hamish Hamilton, 1964
4 Hemingway, E. *Death in the Afternoon* Arrow Books, 1994
5 Thoreau, D. H. *Walden* Princeton Univ. Press, 1973
6 Thoreau, D. H. *The Maine Woods* Apollo Editions, 1966
7 今西錦司『主体性の進化論』東京、中央公論社、1980
8 ウィルソン、Ｂ『レッグス——平和への道はない、平和が道である』（仙田典子、島田啓介訳）仙台、カタツムリ社、1993
9 大橋健三郎他編『総説アメリカ文学史』東京、研究社、1975
10 尾崎元海『にじのかけはし』兵庫、秋桜出版部、1996
11 木村敏『人と人との間』東京、弘文堂、1972
12 斎藤学『魂の家族を求めて』東京、日本評論社、1995
13 酒本雅之『アメリカ・ルネッサンス序説』東京、研究社、1969
14 シェフ、Ａ・Ｗ『嗜癖する社会』（斎藤学訳）第五版、東京、誠信書房、1996
15 中島顕治『ヘミングウェイの考え方と生き方』東京、弓書房、1983
16 中山治『「ぼかし」の心理』大阪、創元社、1989
17 久守和子他編著『英米文学に見る家族像』ミネルヴァ書房、1997
18 ワッツ、Ａ『タブーの書』（竹淵智子訳）東京、めるくまーる社、1991

荒野を拓く女性たち

かつて「荒地」（wasteland）という言葉を流行らせたのはT・S・エリオットである。彼の言う荒地とは、生きている喜びや実感のない、強制され監視された、逃れようのない世界、不毛の人生を指すが、「荒野」（wilderness）はそれとは全く異なる。来るなら自由に来ればよい、強制も監視もない、その代り庇護もない。生きるも死ぬもこちらの責任。恐ろしく自由、恐ろしく孤独、しかしその自然は恐ろしく魅惑的――そういう荒野の魅力を世界に宣伝したのはアメリカ文学だった。アメリカ建国の初期には荒野は人間社会の敵であり、悪意と恐怖に満ちた所だったが、十九世紀から自然に対する見方は大きく変わる。中でも際立っているのはH・D・ソローで、彼は既成の社会を出て未知の世界に向かいながら、最後まで野性を求め続けた。『モヒカン族の最後の者』のナッティや『白鯨』のエイハブ船長など、多くの作品の主人公たち、そして荒野を描いた数々のネイチャー・ライターたち。何を求めて男たちは荒野の中に踏み込んでいくのか。そう問うてみるとき、アメリカ文学における荒野、野性を考える上で、女性の観点が考慮されていてみよう。

なかったことに気づく。では、女性と荒野の関係はどうなのか、二つの小説を取り上げて考察し

一　『おお開拓者たちよ！』

「荒野と女性」といえば、まず思い出されるのはウイラ・キャザーの最初の本格的な小説、『おお開拓者たちよ！』（一九一三年）だろう。主人公のアレグザンドラは、作品の主要テーマにおいて、女性が自ら農場主として主体的に荒野の開拓に取り組んだ初めての例である。「ザ・ワイルド・ランド」と題された第一章のはじめに登場するのは、ネブラスカの荒野にうずくまる、街とは名ばかりの、風に吹き飛ばされそうな、荒野にさ迷い出ていきそうなハノーバーの家並みを、しっかりとした足取りで進む十九歳のアレグザンドラ・ベルグソンである。背が高く、目的地を熟知しているように決然と歩く彼女は、若い兵士のように男物の外套を着こなしている。その見事な金髪に思わず賛嘆の言葉を漏らした行きがかりの旅の男を、彼女はアマゾネスのように厳しく睨みつける。頼りない田舎町を背景にひときわ目立つ彼女の堂々とした強さは、四歳ほど年下の幼馴じみ、カール・リンストラムの繊細さと好対照である。

町から遠い荒野の農場地帯にすむベルグソン一家は、スウェーデンからの移民だった。父親は、

「土地とは好ましいもの」という旧世界の見方と相いれないネブラスカの荒野と、十一年間戦い続けてきた。人間の痕跡のない、冷酷で不機嫌なワイルド・ランドは「誰も慣らし方がわからない野生の馬」のように「謎」だった。ようやく見通しがつくかと思われた今、疲れ果てた父親は四十六歳の若さで、後のことを長女のアレグザンドラに託して世を去った。その三年後、干ばつによる三年連続の不作が一帯を襲い、多くの人が不毛となった農場を捨てて他所へ移っていき、ただ一人彼女を理解してくれた親友カールの一家も去ってしまう。彼女の弟たちも移住を望んだが、「既にできた道をたどる」者とは違って、「新しい土地に踏み込んで道を作っていく」パイオニアであるアレグザンドラは同意しなかった。彼女は川岸の裕福な農地に視察に出かけ、自分の居る高地農場地帯が将来有望であることを直感して、深い喜びに打たれる。それは単に開拓の可能性から来たものではなく、はるかに深い次元のものだった。彼女は星々を眺め、「その広大さと遠さ」、「その背後にある法則」に安らぎを覚え、自分の心が草原と一体になるのを感じた。このとき彼女の中で人間と荒野の関係が一変した。「その土地が地質時代の海から現れて以来、おそらく初めて人間の顔が愛と憧れをもってそれに向けられた」のである（O 65頁）。

こうして土地の本質を見抜き、十年先まではっきりと見通したアレグザンドラは、自分一人の決定と責任によって、しり込みする弟たちを説得し、大胆にも土地を抵当に借金をして、去っていった隣人たちの土地を次々に買っていく。弟たちと土地を分けると、新しい技術や機械を進んで取り入れ、父親の死後十六年経ったときには、目を見張るほど立派な大農場を築きあげた。単に開拓者として大成功を収めたというだけではなく、彼女は心から土地を愛していた。その土地には「何か率直で、喜びに満ちた、若々しいもの」があり、「大気と大地が連れ添い、交じり合っていた」。彼女の家が「妙に未完成の感じ」がするのに比べ、農場は美しく実り豊かで、「アレグザンドラの家は広い戸外であり、彼女が最もよく自己表現しているのは土壌だ」と感じさせるのだった。

しかし大地とアレグザンドラの物語はそれで終わりではない。ある日、髭を生やした都会人風の男が農場を訪れる。それは昔家族と共にここを出て行き、版画家を志した幼なじみ、今は三十五歳になったカール・リンストラムだった。彼の愛する木版画の仕事は時代遅れとして世に受け入れられず、友人に誘われて金鉱発見の仕事のためアラスカに行く途中、カールはここに立ち寄ったのだ。昔の通り「聡明で、感受性が強く、不幸な」表情のカールは、彼女の見事な農場に驚嘆する。しかし彼女は意外なことに「私は自分の土地よりむしろあなたの自由が欲しかった」と言うのである。それに対してカールは「自由とは必要とされないこと」であり、「ここでは君は一個の個人であり、自分の背景がある。しかし都会では僕のような転がる石はごまんとあって、みんな似たようなものだ。僕たちは何の絆も無く誰も知らず、何も所有していない」と答える。アレグザンドラは「それでもエミール（末の弟）には他の弟たちよりもあなたのようになって欲しいわ。ここでは私たちは固く、重苦しくなるの。あなたのように軽々とたやすく動けず、精神がこわばってしまうのよ。もし世界が私のとうもろこし畑より広くないとしたら、これ以外に何かがないとしたら、私は余り働く甲斐があるとは思わないでしょう」と打ち明ける。

土地を愛し、土地を通して自己表現してきたアレグザンドラが、土地よりカールの自由を望むとはどういうことなのか。今まで彼女は一貫して、手中に収めた現状の彼方に目を向け、未踏の領分に踏み入って道を作っていくことに喜びを見出してきた。父親を死に至らしめた恐るべき荒野に、彼女は豊饒と美を予見して、世の風潮に逆らってそれを実現化した。荒野は彼女に服従し、豊かな農場に変貌した。彼女は三人の若いスウェーデン娘を雇い、神と野生動物だけを愛する一人暮らしの老人を引き取ってやり、何一つ不足のない生活を送っているように見える。いや、だからこそ、彼女は自分が所有した領分の彼方にあるもの、彼女がしばしば見上げる星のように遠いものを求めるのだ。末弟のエミールを大学に行かせたのは、可能な限りの自由を彼に与えたかったからである。彼女はカールとの結婚を望んだが、それは芸術を愛し都会で暮した彼が自由な要素を持ち、しかも過去を共有する友人だったからだ。しかし彼女の弟二人は「姉と結婚して農場を横取りする気か」と憤慨してあからさまに不快な態度を取る。カールが「仕事に成功するまで一年待ってほしい」といって立ち去ったとき、彼女はエミールに向かって「私はかなり寂しい生活をしてきたのよ。マリー（隣人）のほかにはカールだけが唯一の友達なの」と嘆く。

大地と一体となって、荒野の開拓に打ち込んできたアレグザンドラは、では幸福ではなかったのだろうか。彼女の心によく浮かんでくる重要なイメージが二つある。一つは彼女とエミールが川岸の農地に旅したとき、水辺でただ一羽、幸福そのもののように光を浴びて、泳いだりもぐったりしていた野生の鴨である。何年か経ってからも彼女には、その鳥が「今もそこで一人で光を浴びて」いるかのように、「時と変化を知らない魔法の鳥」のように思われた。読者にも強い印象を残すこの美しい鴨の光景は、野性の中に完全に調和、融合した永遠の生命の象徴といえる。そこには一切の自意識や人間関係は侵入せず、「一人だけで」自然の中に自足する、時空を超えた世界である。それは『私のアントニア』においては、辺境の草原に座り、静かなひと時を味わう少年ジムの口を借りて、次のように表現されている。

僕はちょうどかぼちゃのように、太陽の下に転がってそれを感じている何かだった。それ以上のものになりたいとは思わなかった。僕は完全に幸福だった。多分僕たちが死んで、太陽や空気であれ、善や知識であれ、何か完きものの一部になるとき、そういうふうに感じるのだろう。いずれにせよそれが幸福というものだ、何か完全で偉大なものに溶け込むことが。（M18頁）

ちなみにこの最後の文は、墓碑銘としてキャザーの墓石に刻まれている。自己を超えた「時と変化を知らない」至福こそ、彼女が最も荒野にひきつけられた要因といえよう。

さて、もう一つのイメージは、アレグザンドラが朝まどろんでいるとき、あるいは疲れたとき、繰り返し彼女を訪れて、「ひと束の麦のように軽々と」大柄な彼女の体を運ぶ、強くたくましい男のイメージである。誰とも知らぬその男は、「日光のように黄色く、熟したとうもろこし畑の匂い」がした。若い時から全責任を負って家族を導いて生きてきた彼女も、この幻の男には我が身を委ね、運ばれるままになるのである。所で彼女の幸せな思い出はほとんど、あの野生の鴨の光景のように「個人的な感情の入らないもの」だった。聡明で、男に劣らず強い彼女は、子供時代から父親に頼りにされ、苦境の時代に育ち、「恋をしたこともなくセンチメンタルな夢を見ることもなかった。小さい時から男を仕事仲間として見ていた」。それでも間違いなく、彼女を運ぶ男のイメージにはセクシュアルなものがある。でなければなぜ彼女はそういう夢想の後で、「自分に腹を立て」、急いでごしごしと体を洗い、冷たい井戸水を浴びるであろうか。「日光のように黄色い」この男は〈自然、自由、無限〉を身に帯び、「熟したとうもろこし畑の匂い」のする〈大地の豊饒〉を象徴し、その上男性というセクシュアリティを併せ持っているのだ。

ワイルド・ランドの息づきを直感し、大地との一体感を覚えるアレグザンドラは、荒野を、その野性を愛していた。野生の鴨に深く共感できたし、「昔の野性の地の方が好きだ」と言うカールに彼女は心から同意する。実際、荒野に一人暮らす老人を彼女だけが理解し、最後には家に引き取ってやるほどだ。しかし彼女がどんなに野性に惹かれようとも、魔法の永遠の鴨にはなれない生身の人間である以上、女として一人暮らすことが寂しく、異性のパートナーを求めるのは自然だろう。だが繊細なカールには、夢に出てくる男のような性的魅力はない。アレグザンドラはセクシュアルな面では余りに控えめ、抑圧的であり、男女の機微にも疎かった。それを補うかのように、恋の情熱に激しく燃える役割をするのは、末弟のエミールと隣人のマリーである。マリーは人妻であり、二人とも恋慕を抑えようと苦悩するがかなわず、抱き合ってマリーの夫に射殺されるという悲劇的な死を遂げる。それは「白い桑の木」と題された章に、余りにも悲しく甘美に描かれているので、作者は必然的に悲劇であるような激しい恋をいとおしみつつ美しく歌い上げて葬り、アレグザンドラには別の道を辿らせたように思われる。

最愛の弟と隣人を失い、アレグザンドラは悲嘆にくれ、初めて「人生に疲れた」と感じ、「自分自身の体から自由になりたい」と切望して、また「切望そのものから自由になりたい」と思う。四十歳のこれまで、彼女は常に周りを支配してきた強者、勝利者であった。今初めて打撃に打ちひしがれ、弱者となったとき、彼女を支えたのは、惨事を新聞で知ってアラスカから駆け付けたカールだった。「今は僕を必要としているか」と聞かれて彼女は、「世界で私が持っているのはあなただけ」と答える。彼の肩にもたれて「私は疲れたの。とてもさびしかったわ」と言う彼女に、しかし恋の情熱はない。ただ、一人力強く猛進してきた者が己の弱さを知るとき、互いに理解と共感のある他者と支え合いたいと心底願ったのだ。「友達同士が結婚するとき、安全だわ」という彼女のつぶやきは、エミールとマリーのように死に至る情熱的な恋をする者ではなく、着実に生き続ける道を選択した者の言葉である。

この作品を読む者を惹きつける最大の魅力は、何といっても大自然を背景とした、ギリシア神話の大地の女神のように美しく力強いアレグザンドラの姿である。それから読者は若い恋人たちの悲劇に引き込まれ、息を呑んで読み進む。しかしヒロインが不幸から立ち直り、幼なじみと農場に佇む最後の場面まで読み終えたとき、読者はどこかおさまりの悪い感じを覚えるのではないだろうか。特に「友達同士が結婚するときは安全だ」という文は、アメリカでは当然批評家の論議を呼んだ。その是非は別として、ここには二つの問題がある。第一に、アレグザンドラと大地の関係と、彼女とカールの関係とが釣り合いが取れず、このカップルの落ち着きが悪いのである。なるほど確かにカールは前より日に焼け、逞しくなっているが、二人が並んだ所を見ると主導者は決定的に彼女であり、柔和な彼は決して彼女の自由を妨げない。彼女はカールとアラスカに行ってみたいとは言うが、永住する気は無論なく、カールも「君が土地に対してどんな気持ちを持っているか僕にはよくわかっているんだ」と答える。「僕たちは」とは言わず、「君は」というカールは、今後彼女とともにここに永住して「土地に属する」ようになるのだろうか、それともそうはなれないままアレグザンドラの支えに徹して満足するのだろうか。どちらにせよ、アレグザンドラの連れ合いとしては、彼は余りに影が薄いのだ。とりわけ彼女を運ぶ大地の精のような大きな男のイメージの前では。

第二の、より基本的な問題は、アレグザンドラと荒野との関係である。荒野を豊饒の地に変えていくとき彼女は輝いていた。そして野性の美を野鴨に凝集したように、ワイルド・ランドが農場と化したとき彼女は自由という希望をエミール一人に託した。彼女は「父が故郷を出たのはエミールのような息子を持ちチャンスを与えるためだったのよ」とカールに言う。自由へと花を咲かせ実らせる対象がある限り、彼女は生き生きとしていた。そのエミールが死んでしまって、取り残された孤独な女となることは、大地の女神のような彼女の前半生とどのように関係しているのだろうか。結末部でカールに寄り添って農場を眺めつつ彼女は言う、「ここには大いなる平和があるわ、それと自由が。……私たちは来ては去る、でも大地はいつもここにある。大地を愛し理解する人たちがそれを所有するのよ――ほんの束の間」(O308頁)。前半では、大地は開拓者である彼女に身を委ねた。そのときの「自由」とは、人間の願望達成の自由であった。今は彼女が大地に身を委ねる。四十年戦って疲れた人間として、心静かに彼女は、大地は夕焼けと同じく人が所有しえないものだと実感する。このときの「自由」は、人間を超えたものの前に頭を垂れること、前に言及した「何か完全で偉大なものに溶け込むこと」を暗示している。それは前半の、大地への愛、奮闘、成功と、ついで喪失の悲劇があって初めて可能となる「自由」であった。

本当のところ、彼女はカールによって孤独から救われたのではない。絶望をくぐって、自らを大地に委ねることを学び始めたのだ。彼女は大地を開拓しつつも常にその野性に心を惹かれていた。それは野性が自由、永遠、無限の広がりを鼓吹するからだった。だからこそ彼女は自分の農場より広い世界に思いを馳せ、エミールにそれを体現してほしかった。ところがエミールとマリーの死によって全てを失ったとき、己の儚さと、大地の永遠性を身にしみて知る。その喪失と絶望によって、自分の願望達成という自由から、自らを大地に委ねるという自由へと、より深い学びに向かったのである。彼女の大地との新たな交流がなされるのはこれからだろう。ただ作者の関心は主として前半にそそがれ、後半は掘り下げられていない。大地の女神としての主人公の姿があまりに強調されているため、このカップルは作品の結尾としてはいかにも弱く、作品として落ち着きが悪いのである。しかし『おお開拓者たちよ！』は、故郷を否定的に捉えていたキャザーが、初めて荒野を肯定的に描いた作品であることを考えると、それは無理がないと思われる。

二　『不毛の大地』

『大開拓者たちよ』から十二年後、キャザーと同年で、同じヴァージニア州生まれのエレン・グラスゴーは、同じく女性開拓者を主人公とする小説を書いた。『不毛の大地』（一九二五年）の冒頭部に登場するのは、若きヒロイン、オレンジ色のショールをまとったドリンダ・オークリーの、「今にも飛び立とうとしてかろうじてそれを抑えているかのような」、「エキゾチックな花のような」姿である。それは「平坦さが巨大さの幻想を生み出しているわびしい地平線」、「メリケンカルカヤという草に覆われた、永遠に貧しい土壌の、「過労の馬の表情に似た」ヴァージニアの土地の光景の中で、ひときわ鮮やかに目立つ。その際立った姿が象徴しているように、彼女は燦然と輝く青い目、決然とした表情で、収穫の乏しさから次第に荒廃していく灰色の荒地の中に埋もれることなく、「退屈な現在の彼方」に何かを待ち望んでいる。それは、町から戻ってきた医師、幼なじみのジェイソン・グレイロックとの恋という形で現れる。しかし、恋人と愛し合う情熱のさなかにあっても、ドリンダは「こんな瞬間は余りに明るすぎて長くは続かないかのような、古いはかなさの感覚につきまとわれ」、「どんなに彼を愛そうとも、自分の全てを感情の中に沈潜させることはできなかった」。彼女は意識の上では恋と結婚の幸福を望みながらも、意識下では感情のはかなさを知っていて、それ以上のもの、何か永続するものを求めていたのである。婚約者ジェイソンに裏切られたとき、すでに身ごもっていたドリンダは、彼を撃ち殺そうとする衝動に駆られるが、「青春、希望、愛が永遠に失なわれた」という苦悶を抱いてニューヨークに出奔し、事故で重傷を負って流産する。自分が「芯まで枯れてしまった」という「痛みよりひどい無感覚」のまま、「愛とは縁を切った」、「抜け殻」として、彼女は二年間働き、最悪を経た人のみが得る、不安に対する免疫性を身に付けた。ある日、コンサートに誘われて聞いた音楽に、彼女は魂を揺さぶられて、故郷の空、草原、荒野の夕日、ツバメを思い出す。彼女は「自分が野性的になったような感じ」を覚えるが、そのとき「死んだと思っていた何かが息を吹き返した」のである。それは荒廃した農場に自分が呼ばれているような開墾と酪農への情熱、「個人的なものから非個人的なものに後退した情熱」であった。かつて恋の形で燃えた彼女の中の「野性の気性」は、今、大地再生の希望に向けて解き放たれた。

興味深いことに、荒涼とした荒地を嫌っていた彼女が、荒地開拓の情熱に燃えはじめるのは、「愛と縁を切り」、親密な人間関係から脱落してただ一人となり、農村の偏狭さから出てニューヨークで広い知識と生活力を身につけて以後のことである。家庭や村の人間関係における個人的感情から抜け、自活によって自立し、故郷の地を俯瞰できるようになって初めて、彼女は一人荒地と相対したのである。「農場は人間ではないから、人を苦しめたりしない。人を悲嘆にくれさせるのは人間だけ」、土地はこちらに応えてくれる、と彼女は思う。「土地に心を込めるんだ。そばにいてくれるのは土地だけだ」と農村の老人は言う。恋の記憶、その美しさと恍惚は夢の中によみがえって彼女を苦しめるが、「感情は長続きしない。勇気だけが生きながらえる」と思い定めて、彼女はいっそう農地の仕事に打ち込んだ。

まもなく父親が亡くなり、農業を嫌う弟たちが出て行き、やがて母も先立ち、彼女は二十三歳で広大なすべての土地を所有することになる。そのとき彼女は生まれては死ぬ人間ははかないものであること、大地、太陽といった自然は、母親が若かったときも自分自身が老いたときも、依然として永遠であること、「物質の永続性と、感情に対する事実の冷酷な勝利」に思いを致し、「普遍の風景の上を人間の生命は影のように漂い、消えていく」と感じる。したがって彼女が本当に求めていたものは、土地の開墾、成功、所有そのものではなく、「はかなさ」を超えること、すなわち、永遠である土地との一体感を通して「永遠の精神の自由を得る」ことであった。彼女の内なる「野性の気性」は今「鉄の気性」、「不屈の気質」となって、彼女を猛進させていく。その上、余りにも惨い不幸を通り抜けていたので、彼女には命がけでやる勇気と大胆さがあった。都会で得た広い視野と冒険心があった。やがて彼女の酪農製品が極上品として販売されるようになり、十年後には近隣から一目置かれる成功者となったのも当然だった。

村でも非常に裕福な子持ちのやもめ、ネイサン・ペドラーに求婚されたとき、ドリンダは、「(恋や愛といった)感情はすでに燃え尽きた」けれど、「尊敬と便宜に基づく結婚なら」老いた後の孤独な炉辺から逃れられるのではないか、と考え承諾する。いい人だが男としての魅力のない、滑稽で不細工なネイサンを愛することはできず、彼女は「結婚が他のどんなことを防げたとしても、精神の孤独に対しての治癒になりえない」ことを知る。しかしネイサンは農場主として有能であり、広い視野、進取の気象、先見の明があった。「親切、骨の髄まで正直、寛大」で、「全く利己的なところがなく」、ドリンダの自由に介入しなかった。二人は力を合わせて働き、ドリンダが三十八歳のとき、落ちぶれたジェイソン・グレイロックの荒廃した農場を入手し、「性について言えばジェイソンが勝った。だが、人間対人間として相対すれば、自分の方が強いということが彼女にはわかった」。このとき「自分は誇り高い独立心をもつ中年になった」と感じるドリンダは、穏やかな家庭と広大な土地を手中に収めた成功者として、ひとまず心の落ち着きを得たのである。

それからの彼女は、ジェイソンの「見捨てられていた土地を開墾する」ことに情熱を注いだ。土地の景観の美しさに恋の記憶がよみがえり、心が疼くことはあったが、ひたすら仕事に打ち込んだ。ときに大地と大気に自分が浄化される気がすることもあった。彼女は次第にネイサンの「善良さ、誠実、気高さ、寛大」に感銘を受け、感化されていった。彼女が四十二歳のとき、列車の脱線事故が起りそのとき人を助けようとしてネイサンは亡くなった。人々は彼を英雄化、伝説化し、彼の身を捧げた英雄としての死、かけがえのない思い出はドリンダの心の支えとなる。彼女が五十歳になるころ、ジェイソンが身を持ち崩して衰弱し、救貧院で死に瀕しているのを引き取って最期を看取ったのは、彼女の「個人的な感情を含まない憐れみの心」であり、ネイサンの好きな言葉、「正義」が心に浮かんでくるからだった。

ドリンダと対照的に性格の弱さから破滅したジェイソンは、やがて廃人として火が消えるように息を引き取った。その夜、彼女は一時的に「失われた青春、得られなかった恋」を思い、「三十年以上の努力と自己犠牲」も無駄だったという絶望感に襲われる。しかし一夜明けてみると、土地の魂が彼女に流れ込んできて、彼女は再び力強く人生に向かって歩み始める。こうして彼女が今得たのは「かつてあこがれたような幸せではなく、失望の悩みを超越した心の落ち着き」、「心の中のどの感情よりも強いあの気持ち、つまり自分の踏んでいる大地との血の通った交わり」であった。烈しい感情にたびたび揺らぎながらも、彼女はそれを乗り越え、個人的なものを超えた、大地と自然との調和に達しつつあるといえよう。

グラスゴーは「ヴァージニア序文」の中で、「時」と「空間」が作品の目に見えない主人公であり、「私は初めから背景として『平坦さが巨大さの幻想を作り出し』、『不変の風景の上で人の命が影のように漂っては消えていく』無限の広大さの存在を感じていた」と述べている。この言葉はすぐにキャザーの『大開拓者たちよ』の、「私たちは来ては去る、でも大地はいつもここにある」や、同じく『われらの一人』の、「人生は余りに短いから、何か永続するものによって絶えず補強されるのでなければ全く無意味だ。個々の存在の影が揺るがぬ背景を去来するのでなければば」という述懐を思い出させる。「不変」、「無限」、「征服しがたいあの広大さの存在」、「永続するもの」、「揺るがぬ背景」——これらの言葉が示すのは、個々人を超えた、〈永遠なるもの〉への希求である。ドリンダの内部の「野性の気性」とは、たとえ尋常な軌道を外れてでも、「永遠の精神の自由」を求めてやまない根源的欲求であったのだ。彼女は「男に裏切られて犠牲者となる」女というワンパタンの伝統を打ち破り、開拓に成功して勝利者となるが、作者も言うとおりそれは一つのエピソードにすぎない。そのためにやさしい感情やセクシュアリティを烈しく抑圧し、しかし無論それを抹殺することはできず、幾度もの動揺を経て精神の成長を遂げていく、ドリンダのそのプロセスこそ、この作品のメインテーマである。そして彼女に感情のうつろいやすさを教え、それを超えて〈永遠なるもの〉を求めさせたのは、ヴァージニアの土地の「無限の空間、広大さ」、すなわち〈野性〉であった。

アレグザンドラのネブラスカの地は、人跡まれな文字通りの野性の地であったので、彼女には大地との詩的、神秘的な交流が可能だった。彼女はそのまま四十近くまで独身で過ごし、愛する弟を失う悲劇の後でカールと結婚する。それに比べドリンダは、失恋で致命的な傷を負い、人生から男女の愛を排除して、代償のように開拓の仕事に打ち込んだ。暗喩の如く彼女の土地も、一度開拓されたあと見捨てられた荒地であり、彼女の開墾はより実際的、理性的である。しかし二人に共通するのは、自らが責任を負い、主（あるじ）として、単身で広大な土地に人生をかけた点だ。土地の法的所有権も様々な決定権も男性にしか認められなかった時代に、女性が自主的な開拓の人生を生きようとすればそれしかなかった。男性は家族をもち、一家の長として開拓し、成功と家族の両方をもつことができるが、女性は家族をもてば、主導権は必然的に男性に移るからである。

アン・ラバスティールによれば、十九世紀半ばを過ぎても、「自分自身の選択と欲求によって野性の地に踏み込み、家庭を築いた女性はごく少なく」、ほとんどは妻として、母として、あるいは野性の地に憑かれた男の娘として、荒野に生きることを強いられた。アレグザンドラもドリンダも、ともにこの最後の例である。ただし彼女たちはその状況を自己決定によって選び取り、主体的な開拓者（パイオニア）となった。現代でも、野性の自然とかかわる仕事をする女性たちは、「男女を問わず、一人の人間がどの程度のことができるかを示すには、野性（ウィルダネス）の中に入るのが良い」と言う。彼女たちによれば、「文化的に条件付けられてきた感情、思想、行動を修正できる」ゆえに、「野性（ウィルダネス）は男女の境界を取り払える唯一の場所」、「本当に人間が自分の人生や運命の主人になれる数少ない環境の一つ」である。アレグザンドラとドリンダにとっても、野性の地は主体者として生きることを可能にする場所であった。

しかし、たとえ開拓を通して自己実現し、土地と一体感を抱いたとしても、このような社会の性差システムによって、女性が単身であることを余儀なくされるならば、彼女たちが成功を収め、中年になって孤独を感じ、パートナーを求めるのは当然であろう。アレグザンドラはセクシュアリティを抑圧し、異性との関係や葛藤を経験しないまま、連れ合いとしてはやや物足りないカールと結婚する。そのため『おお開拓者たちよ』は作品としてのバランスを欠く。しかし悲惨な失恋、熟慮の結婚、夫との死別、廃人となった昔の恋人の看取りを経験したドリンダは、その問題とまともに取り組み、苦悩しつつ成熟していった。彼女は男にセクシュアルに惹かれることも、連れ合いとして男と人生をともにすることも、相手に先立たれることにも直面し、個人的感情を乗り越えることを学び、最後に「大地との血の通った交わり」に心の安定を見出す。二人とも、自ら荒野を開墾して築き上げた農場によって最終的な落ち着きを得るのであるが、ドリンダは人間関係の荒波をくぐり、自己の内なる野性を見つめてきただけに、その落ち着きに重みがある。どのような人間関係にあっても、いかなる感情が去来しようとも、彼女が今後「永遠の精神の自由」に至る道を着実に歩んでいくことは確かだと思われる。

三　野性と故郷（ホーム）

Ｈ・Ｄ・ソローが人間圏から単身進み出て、野性の自然に直面しようとしたのは、人生の偏見、伝統、贅沢などの「妨害物」を捨て去り、「人間の生存の本質的法則」、「実在という堅い岩底」を探求してのことであった。彼は「原初の、手なずけられない、永遠に手なずけることのできない自然」と呼ぶ野性の地を追求していくにつれて、それが「広大で荒涼としていて人を受け付けない自然」、「人間の住むところではない」、「母なる大地ではなく……広大で恐ろしい物質そのもの」であることを発見した。彼にとって野性とは、「生涯にわたってその核心に迫ろうとするが、捉えきれないもの、彼を受け入れないもの」という面をもっていた。それと反対にアレグザンドラとドリンダは、野性の地を開墾して――つまり「手なずけて」――人の住むところにすることに情熱を注いだ。そうして家（ホーム）となった土地は、もはや野性の地ではない。ソローとは逆に、「野性を愛しつつ荒野を開拓・所有し、失われた野性の地にノスタルジアを抱く」のが、開拓者の逆説である。アレグザンドラはそのディレンマに気づいていたが、それを解決しないままに作品は終えられている。一方、原初の自然ではなく、一度人が手をつけて見捨てた荒野を開拓したドリンダは、さほど野性にはこだわらず、豊かな農場へと変わっていく土地を愛したが、やはりその広大な自然と交感することに安住の境涯を得ている。

なぜ彼らは野性に惹きつけられたのか。たとえばかつてのアメリカ先住民にとって、野性に惹かれるということは考えにくい。彼らは伝統的にすでに自然の中に調和しており、彼らの世界に「人の住むところ」と「人の住まない自然」の区別はあるだろうが、西洋人のいう野性はない。野性とは人間世界と自然を対立させる西洋に特有の概念である。「野性的」（wild）とは、たとえばCODによると、not domesteicated（飼いならされない）、unrestrained（抑制されない）、unconventional（因習にとらわれない）、violent（激しい、暴力的）とあり、「荒野」（wilderness）は、desert（砂漠）、uncultivated & uninhabited tract（耕作されない、人が住まわない地域）等と説明されている。あくまで人間が自然を支配、征服するという視点から見られ、否定的に捕らえられていることがわかる。特に、西洋文明が未開の自然ともろに直面したアメリカにおいては、野性・荒野は初めは恐怖の対象であったが、産業勃興以来、人間が自然を搾取、破壊していくにつれて、次第に憧憬や探求の対象となった。ゲーリー・スナイダーは「野性」の定義を全く別の角度から眺め、「本来の性質が損なわれない」、「自然発生的」、「自己信頼の」、「抑圧や搾取に対して猛然と抵抗する」等と、肯定的に捕らえなおしている。この野性を人が世界から駆逐するとともに、人間内部の野性も失われていき、社会が体制順応主義的、閉塞的になるにつれて、人々は意識下で野性が必要不可欠であることを直感し始めたのだ。

ソローは野性に向かうためには、既成のなじんだ世界、手なずけられた世界をすっかり捨てなければならないと主張したが、どうやらアメリカ文学において野性を好む男たちは、手なずけられない荒野に突き進んでいくという、危険をはらむ習癖があったようだ。原始的自然に触発され、野性の探求はラディカルな、しばしば極端な形を取った。イーハブ・ハッサンの言葉を借りると、彼らは「一種の熾烈なる満足感、存在の穢れ無き一瞬、自己や危険を越えた原初の緊張」を得るために、「ぎりぎりのがけっぷちで生き続けること」を必要とした。「命を懸けることだけが真の不死の感覚に至る唯一の手段である」ならば、それは暴力、攻撃性、不慮の死に転じる可能性がある。それは「手なずける」とか「ホーム（家、故郷）」とは全く相容れない、非日常の世界である。「旅をするとは家にいないということ……すっかり方向を見失って、奇妙で気味の悪いものに自己を晒すこと……旅人の鋭い視力は、彼が通過する世界との間の基本的な不適合のせいである」とジョナサン・レイバンは述べているが、鋭い感性をもつためには「家」あるいは「手なずけられた所」は絶えず否定しなければならないものだろうか。

サン＝テグジュペリの『星の王子様』に、キツネが「僕を手なずけておくれよ」という場面がある。キツネによれば、「手なずける」(apprivoiser) とは、「仲良くなる」(créer des liens＝絆を作る)、「お互いに必要とする」、「この世でたった一人、かけがえのない」ということ、つまり心から愛するということだ。相手がいなくなったら「きっと泣いてしまう」、しかしその人の髪の色に似ているがゆえに、これまで興味もなかった麦畑が大切になる。その人がどこかの星にいると思うと「星がみんなあなたの友達になる」。あなたが誰か、あるいは何かを本当に愛すると、あなたは世界とつながる。このように「手なずける」には、人間的に深くつながるという望ましい意味がある。だが一方では、馴れ合い、惰性、執着、怯惰という否定的な面があることは間違いない。おそらく野性とは、人がついはまり込んでしまうこの馴れ合い・停滞という枠を打破してくれるもの、つまり解放であり、不意打ちであり、時には天啓であるのだ。しかし、だからといって「手なずける」ことの肯定的な面まで否定する必要はない。

アレグザンドラとドリンダの例に見るように、女性は「手なずける」ことの否定にはさほどこだわらないようである。例えば生涯フロンティアに惹かれ続けたキャザーは、ニューメキシコの荒野の中の美しい先住民族遺跡の風景を、「バビロンの吊り庭」に喩えたし、アニー・ディラードが散策し野性を味わう峡谷にも、「庭のような」自然がある。メイ・サートンは中年になって三万坪を越える土地を入手し、その野性味に惹かれつつ、それを「庭」として手入れし（まさしく「手なずけて」）、自然と調和した美しい住まいにしていく。「庭」はいうまでもなく「荒野」（ウィルダネス）とは正反対の概念である。庭となった大地は野性を失う。しかし「庭と原生自然（ウィルダネス）のあいだに横たわる中間地帯」を論じたマイケル・ボランは、「庭は、われわれが自然と折り合いをつけられるかもしれない可能性を示している」と述べ、ジム・ノルマンは「バックパッキング愛好家たちが原生自然を野性の庭ととらえ、庭の径に接するように登山道に接することができるようになったら、彼らの自然観はどう変わるだろうか」と問う（C17頁）。「野性の庭ととらえる」というこの見方は、まさしく「絆を作る、かけがえのないものとして大切にする」という意味の、「手なずける」ことにほかならない。この見方は現在、男女を問わず次第に広まり始めたようである。

ジム・ノルマンは、庭造りにおいて自然を人間の素材とみなす——人間が自然を支配する——見方を「人間中心論」と呼び、「自然に内在する生きた知性の発現」を重視する観点を「生命中心的な見方」と呼ぶ。例えば彼は、巨大な樹に育つセコイアの小さな苗木を空き地に植え、「その木が五百年後、千年後、三千年後と、たいへんな大きさに育っていく光景が目に浮かび」、その木が「わが家を取りまく生態系の未来をすっかり見通す、テレビチャンネルのような働きをするようになった」経過を書いている。おそらく三千年後、高さ六十メートルになるであろうセコイアの、「時間的カリスマ」に感応した彼は、未来の生態系ゆえにその一帯にほかの木を植える気になれなかった。彼とセコイアの幼木との交流によってできた、この静謐の空間を愛でて、彼は「一木の庭」、「三千年の庭」と呼んだ。この「生命中心的な」庭においては、人間はよい意味で自然を「手なずける」と同時に、自然によって「手なずけられる」。そこには人間の思い通りには決してならないもの——野性がある。庭から野性を抹殺しようとしなければ、野性に耳を傾けるならば、「庭は自然の小宇宙を見せてくれる」。

アレグザンドラは大地を、夕陽と同じく所有できない永遠のものと感じ、ドリンダも土地を人間の「時」と「空間」を越えた存在とみなした。ジム・ノルマンがセコイアから受けたものを、彼女たちは広大な大地から受けたのだ。確かに壮大な自然は人間に圧倒的な影響を与える。「荘厳な荒涼のただ中にいると、あらゆる想念を無化し、人間の手になる一切が……埃に還元してしまう」（アビー）。「紺碧の空を縁取る装飾帯のような山々の、この世ならぬ美しさ……人に汚れていない完全なる無垢」、「人間の一生なんてほんの束の間」。野性が人に及ぼす影響の最たるものは「人間中心」から「生命中心」への観の移行——個人を超え、人間の矮小な尺度を越えた、永劫の視点である。これを「野性効果」(the effect of the wild)と呼ぶことにしよう。野性効果は、自然に向かう人の姿勢によっては、荒野のみならず、手なずけた大地から、庭から、一本の幼木からも受けることが可能なのだ。

アメリカが国を挙げて西部を目指した西進運動時代、一般に男性は荒野に赴くことを自由とみなし、女性は不自由とみなした。それは一つには、女性の活動がドメスティックな領域に限られていたため、また一つには出産の選択の自由もなく、育児の負担が大きかったために、女性にとって既成社会に定住する方がはるかに好ましかったからだ。しかしいったん荒野に触れると、野性効果は男女を問わず少しずつ浸透したと思われる。特に単身荒野に切り込むことの少ない女性は、アレグザンドラやドリンダのように大地に定着し、自然と手なずけ合い、「積極的受動性」とも言うべき姿勢を示した。以前より家庭から解放され、野性とかかわる仕事をする女性が増えた現代でも、それは同じであるようだ。例えばアニー・ディラードは『ティンカー・クリークの辺で』の中で、自然と自己が生き生きと共鳴するとき、しばしばそれを「贈り物」(gift)、「恵み、恩恵」(grace)と呼び、「現在を純粋に経験することは、ぽっかりと空《くう》になることだ。滝の下でカップを満たす人のように、恵みを掴まえるのだ」(T80頁)と書いている。彼女の「唯一の武器」は「静かに待つこと」、「手放すこと」(a letting go)、つまり「無心」である。無心とは「どんなときでもいい、どんなものにでもいいから、純粋に専念している瞬間の、自我を意識しない精神状態」、「感受性が全開となり、最も意識が集中する状態」である。それは、固定された人間の観点から抜けて「恵み」を与えられるとき、つまり野性と感応できるときである。彼女は言う、「……私はそのために生きている。山々が扉を開き、新しい光が裂け目から洪水のように溢れ、そして山々が扉を閉じるその瞬間を求めるために」。彼女が切望する野性効果は、荒野だけでなく、「どんなときでも、どんなものにでも」潜在しているのだ。その意味では、野性はいたるところにある。

ゲーリー・スナイダーは、『野性の実践』において、「世界そのものが野性だ」と延べ、「野性にアプローチできるのは、内側からであって、自分とは何かという問題のように、本質的なものである」と言う。

ほんの数世紀前までは、北アメリカすべてが野性であった。……北アメリカすべてに「住民たち」がいた。……自然とは訪れるための場所ではない。それは我々にとっての「故郷」(home)なのだ。

（Y 16頁）

自然界のみならず、自我が支配できない肉体も、精神の無意識の領域も、野性だと彼は言う。「手放すこと」により「生命中心」となり、自我を超え、悠久に触れうる所、野性は至るところにある。野性とは「訪れる場所」ではなく、「ホーム（家、故郷）」なのだ。アレグザンドラとドリンダは、荒野を手なずけ、それを「野性の庭ととらえる」ことによって、「ホームとしての野性」を予見する先達（パイオニア）だったといえよう。

〔文献〕

1 Cather, Willa *O Pioneers!* Boston, Hougton Mifflin, 1941

2 Cather, Willa *The Professor's House* New York, Alfred Knoph, Inc., 1970

3 Dillard, Annie *Pilgrim at Tinker Creek* New York, Harper & Row, 1988

4 Glasgow, Ellen *Barren Ground* New York, Harcourt Brace & Company, 1985

5 Hasson, Ihab *Selves at Risk : Pattern of Quest in Comtemporary American Letters* Madison, Wis. Of Wisconsin P, 1990（イーハブ・ハッサン『おのれを賭して』八木敏雄ほか訳、研究社、1990）

6 LaBastille, Ann *Women and Wilderness* Sierra Club Books, 1980（アン・ラバスティール『自然とともに生きる女たち』中村凪子訳、晶文社、1994）

7 Nollman, Jim *Why We Garden : Cultivating a Sense of Place* Henry Holt & CompanyInc., 1995（ジム・ノルマン『地球の庭を耕すと』星川淳訳、工作舎、1994）

8 Sarton, May *Plant Dreaming Deep* New York, W.W. Norton, 1996

9 Snyder, Gary *The Practice of the Wild* San Francisco, North Point Press, 1990（ゲーリー・スナイダー『野性の実践』重松宗育、原成吉訳、東京書籍、1994）

男らしさとヘミングウェイ

「アメリカ文学の中で最も男性的な人物は？」と問われると、ふとヘミングウェイの作品を、いやヘミングウェイその人を思い浮かべる人は多いのではないだろうか。彼は行動的、野性的、反文化的という意味で最もアメリカ的と言われた作家である。その作品の主人公たちは、戦争、闘牛、サファリ、釣、恋愛において、苦痛と人生の虚無に男らしく寡黙に耐え、克己主義とストイシズムを示した。周知のように、ヘミングウェイの作品は自伝的な要素が多い。著者自身、その巨躯と男性的風貌に加えて、スポーツ好きで酒と喧嘩に滅法強く、二度の世界大戦とスペイン戦争で活躍、仕事の上でも目覚しい成功者となり、ノーベル賞を受賞、まさしく国民的英雄の観があった。

そのあまりの華々しさに、男らしさを誇示するとかヒロイズムを気取る等の批判はあっても、彼にはいかにもアメリカ的な、好感を与える、親しみ深いところがある。目標をひたむきに目指す熱意、若々しい感性、身体の健康と力強さ、決断力と行動力、アウトドアの実際的な能力。彼の作品の魅力の一つもここにある。それだけに、一九六一年、彼の自殺は世界をあっと言わせた。心身を病み、六十一歳、愛用の猟銃で自らを撃つ。あの強く、男らしく、英雄的であったヘミングヴェイが、と誰しも驚愕した。なぜ彼は自殺したのか。一世を風靡した彼の作品の、勇敢な主人公の人物像まで崩れ去るような衝撃を受けた読者も多かった。このように男らしさを賞賛されたヘミングウェイの生と死を、その作品のヒーローとともに見つめていくことによって、アメリカ文学における男のイメージとその問題点を探ってみよう。ここでは主として『武器よさらば』と『誰がために鐘は鳴る』を取り上げる。

一　脱出

ヘミングウェイはイリノイ州のオーク・パークにある、裕福な母の実家で生まれ育った。母方のホール家は経済的にも文化的にも豊かな一家で、母は音楽的才能に秀でており、音楽を教えて得る収入は、父の医業の収入をはるかに上回っていたという。しかし母に代表される中産階級の「お上品な伝統」のホール家は、チェロの練習よりボクシングを好む彼の肌には合わなかった。後になって彼が子供時代をなつかしく振り返る主な舞台は、ホール家ではなく、ミシガン州の辺鄙なワルーン湖畔の別荘を中心とした自然である。文化教養から遠いこの僻地はホール家の圏外にあって、自然を愛好する父の領分だった。ホール家から援助を受けることもあり、財政的にも母に押され気味だった父は、ここでのびのびと野外生活を楽しんだようだ。ヘミングウェイは狩猟や釣の名人である父によって、アウトドア・スポーツのみならず、自然に深く親しむ喜びを教えられた。

この自然への愛好は彼の心の奥まで浸透し、生涯消えることはなかった。彼がはじめて高校で短編を書いたときも、題材にしたのはワルーン湖畔での経験である。しかし別荘は休暇を過ごすところであり、生活の場は無論オーク・パークだった。ところがヘミングウェイは、作品の中で生まれ故郷のオーク・パークを一度も書いていない。創作の素材を自分の経験に取る作家としては、この完全な沈黙は異様である。同様に、彼が母親もしくは母親としての女性を描かなかったことも、批評家によって指摘されるところである。それは彼の故郷、母、家に、単に肌が合わないというだけでなく、言語化を拒む何かが――言語化によって己の世界を創造するために否定しなければならない何かがあったためではないか。

最初の短編集『われらの時代に』の中の「大きな二つの心臓の川」に、焼けて廃墟となった町を後にして一人で釣にやってきた青年ニックが、程よい場所を見つけてテントを張る場面がある。熟練した手つきできちんと張り終えると、彼はテントにもぐりこむ。布地越しに外の光が通り、テント布のいい匂いがして、「すでに不思議な、家のような（mysterious, home-like）感じがした」。

彼はテントの中に這いこむと幸せだった。……やるべきことはやり終えた。これをしなければならなかったのだが、それを終えた。きつい旅だった。とても疲れていた。それも済んだ。彼は自分のキャンプを作ったのだ。落ち着いたのだ。何ものも彼に触れることはできない。キャンプするにはもってこいの場所だった。……自分で作った自分の家（home）にいるのだ。

（T205頁）

自然の中でニックが心から落ち着く幸福感が、読む者に伝わってくる箇所である。おそらくヘミングウェイは、「自分で作った自分の家」を、「何ものも自分に触れ得ない」安全な場所を、苦労に満ちた行程を経て確保する必要があった。彼の育った家にはそれが欠落していたから、彼はそこから脱出し、「何もかもあとにして」、自分独自の「家」を独力で作る。即ち、実の母と家の否定の上に完璧な己の世界を築き上げるのだ。彼はそのプロセスを書くことに全力を傾けたのではなかろうか。

たとえば、生まれ育った家からの脱出をテーマとする次の文章を見ていただきたい。

張り詰めた緊張から、この家からのがれたい思いを秘めながら小中学校生活を送った。覚えている自分の家は、いつもきちんとし過ぎていてその気配はピリピリとした鋭いものだった。……私の両親は、とても真面目な人たちに違いない。私は彼らの思う「普通」に痛めつけられた……。高校進学と同時に私は家を離れた。

（O24―25頁）

ヘミングウェイの状況に酷似しているこの一節は、日本人男性、蔦森樹氏の文章である。両者に共通するものがあるのは明らかであろう。蔦森氏の文は次のように続く。「大学入学後には完全に自活していたにもかかわらず、常につきまとう母親の影に神経を張り詰めていた自分にも私は敗北を感じた。……母親や家、普通という暴力から、私たちの（恋人との）関係を守りきれなかったと思った。その最大の理由は私が大人の強い男ではないことによるはずだ。今後は自分を否定するものすべてを許さない。……自分の境界を土足で踏みにじる者があれば容赦なく切りつける」（27頁　傍点筆者）。かくて長身巨躯の氏は「男らしさ」を求め、髭を生やしバイクにのめり込み、フリーライターとなった。この後「男らしさ」の不自由と虚偽に気づいた氏は、トランスジェンダーを指向し、男・女という枠をはずしていくのだが、まだ男らしいジェンダーを非常に重視していた時代のヘミングウェイは、まっしぐらに「男らしさ」に向かったのである。

さて十八歳の頃、ヘミングウェイは血気にはやる青年らしく第一次世界大戦に参加した。負傷してヨーロッパから帰ったとき、戦争の残虐と死の恐怖を体験して、なお平穏で因習的な故郷の生活に収まることは不可能だった。二十歳のとき、「いつまで働かずにぶらぶらしているのか」と非難する母親と決裂して家を出る。翌年八歳年上の女性と恋に落ちて結婚、新聞記者としてパリに移住。文学的野心に燃え、二十七歳のとき『日はまた昇る』を出版して一躍有名となった。この作品の主人公ジェイクが、戦争で受けた傷のため性的不能であるという設定は興味深い。それは様々な解釈が可能だが、愛する女性と結ばれることができないという悲惨さと同時に、女性に対する防御、女性とまともに係わることからの免除という意味も否定できないだろう。母親、家、世界から受けた傷を不能として同定し、男性的欠陥を公認することは、彼にある種の自由を与える。奇妙なことにその傷は、それに耐えてストイックに生きるという、逆説的な男らしさを引き立てる役目をするのだ。この小説は、大戦後変容した世界の「失われた世代」という言葉を定着させたことで知られている。「失われた」とはいえ、登場人物は何かを求めて彷徨している若さと力に満ち、読後感は決して暗くはない。この時期までのヘミングウェイの脱出と彷徨は、寄りかかる伝統を失った世代の虚無という主題を補うに足る、溢れるばかりのエネルギーをもって人々を魅了する。では「失われた世代」の代表である主人公が求めていたものは何か。それを明白にしたのが、三十歳のとき書かれた『武器よさらば』(一九二九年)である。

二　単独講和

簡単に言えばこれは「単独講和」(a separate peace)と恋の物語である。第一次大戦で負傷したフレデリック・ヘンリーは、イギリス人の看護婦キャサリンと恋に落ちる。病院から前線に戻った彼は、戦争の残虐さをいやというほど体験し、「神聖なものなど何も見たことはなく、栄光ありとされるものに栄光など皆無、犠牲とはシカゴの屠殺場のようなもので、ただ肉を埋めるという違いがあるだけだ」(27)と思う。退却の混乱の中で理由もなく銃殺されそうになり、間一髪で川に飛び込み逃走した彼は、愚劣な戦争を否定し脱走する。「もう何のかかわりもないのだ。義務などもうないのだ。……怒りは一切の義務とともに川の中で洗い流されていた」。雨に濡れ、寒さと空腹に震えて逃避行をするとき、信じられるのは生きようとする自分の感覚のみ。「僕という人間は考えるようにはできていない。食うようにできているのだ……食って、飲んで、キャサリンと寝るんだ」(32)。戦争の悲惨を知悉した現代でこそ、私たちはヘンリーの考え方に違和感を覚えないが、戦争の正当さと大義名分がまだ信じられていた時代にその虚偽を的確に描ききった文章は、現実の戦争体験で幻滅した若い世代に衝撃的な開放感を与えた。

きっぱりと戦争に背を向けたヘンリーは、しかし心中の寂しさを否定できない。「軍服だけは脱ぎ捨ててしまいたかった」と言いながら、脱いでみると「服に支えられている感じがなくて寂しく……私服のズボンはだらっとして」頼りない。「僕は単独講和を結んだのだ。ひどく寂しい感じがした」。恋人を訪ねて行きつつ「そのとき僕にとって戦争は終わったのだということがわかった。しかし本当に終わったのだという感じがしなかった。まるで学校をサボって遊んでいる子供が、学校では今何をしているだろうかと考えるときのような感じがした」（34頁）。戦争を拒絶はしたものの、戦争から脱走すると彼には居場所がなくて、何かをサボっているような後ろめたさを感じるのだ。しかしともかく彼はキャサリンと再会し、強烈な恋の喜びに浸った。「ホテルの窓の外では雨が降っており、部屋の中は明るく心地よく陽気であり」、「僕たちは家に帰ったのだ、もう一人ぼっちではないのだと感じ……ほかのことはすべて非現実的だった」。二人の「家」で彼らはもはや孤独も恐怖も感じない。「孤独な人にとって昼間はまだよいとしても夜は恐ろしい時間だが、キャサリンといるとそうではない」のだ。

ところがそう述べた一節のすぐ後に、段落を変えることさえなくあの有名な文章が続くのである。

人々がこの世に多大の勇気を持ち込むならば、世の中は彼らを潰すために彼らを殺さなければならないし、もちろん彼らは殺される。世の中はあらゆる人を叩き潰し、その後潰された場所で強くなる人間も多くいる。しかしどうしても潰れない人間は世の中が殺してしまう。すごく善良な人間もすごく温和な人間もすごく勇敢な人間も、それは公平に殺してしまう。そういう人間でなくてもやっぱり必ず殺してしまうが、特に急ぐということがないだけだ。（34、222頁）

恋の成就の最中に浮かぶ考えとしては驚くべき内容ではないか。戦争する社会に反逆し、勇敢に個として生きようとする二人は、いずれ叩き潰されるというのだ。事実、彼らの愛の「家」は戦争という現実の否定の上に建てられている。室内は心地よくとも外は雨なのだ、いつまで雨という現実から免れられるか。このようにヘンリーの単独講和と恋とは表裏一体である。愛する人といれば孤独ではないと言いつつ、実際はその恋そのものが、脱走の罪悪感に似た寂しさと切り離すことができないものなのだ。

もとより彼らの余りに幸福で強烈な愛の危うさは、随所に垣間見ることができる。たとえば、キャサリンはヘンリーに、「もう私なんてものはないの。私はあなたよ。あなたから離れた私なんて考えないで（Don't make up a separate me）」と言い、「私には何も宗教がないわ……あなたが私の宗教なの。あなたは私のもっているすべてなの」（18）と言う。

ヘンリーも、キャサリンが出かけて一人になると落ち着かず、「以前は僕の生活はあらゆることでいっぱいだった。だけど今は君が一緒にいてくれないと、全然何もないんだ」と言う。彼は知人のグレッフィ伯爵に「何が最も価値があると思うか」と聞かれ、「愛する人」と答え、自分の宗教的な感情は夜しかやってこないと述べて、伯爵に「恋とは宗教的な感情です」(36)と言われている。

互いに相手を自分の「宗教」とする二人にとって、この世に二人を支えるものは二人しかいない。いわば虚空の中に二人きりで自らを支えている。「世界中で私たちは二人っきりで、後の人は全部同じように他人。もし私たちの間にひびでも入ったら、私たちはだめになって、やつらにやられてしまうわ」(29)とキャサリンが言うのはそのためである。脱走の罪で逮捕されそうになったとき、二人で必死にスイスに逃れ、夢のように甘美な生活をしながらなおキャサリンは、「あなたと同じようになりたい、二人がすっかり混じり合ったらいい」(38)と繰り返し言うのである。しかし二人が愛し合えば合うほど、一体となればなるほど、彼らの世界の閉鎖性と虚ろさが透けて見える。それが「世の中は彼らを殺す」という形となって彼らに迫る。

まもなく不吉な影は現実化し、キャサリンは出産がもとで赤ん坊ともども死ぬ。「これが罠の行き詰まりだ。これが人間が愛し合って手に入れるものだ。……彼らはついに彼女を捕まえた。人はどんなものからも逃れることはできない」という彼の認識には何の救いもない。キャサリンが死に瀕したとき、ヘンリーは懸命に祈り、彼女の傍らで泣くが、いかなる努力も甲斐なく、「彼ら」は容赦なく彼女を「殺す」。「僕たちは死ぬ。死ぬとはどういうことか僕たちは知らない。

学ぶ時間がないのだ。彼らは僕たちを放り込み、ルールを教え、ベースを離れたところを捕まえた途端に殺す。……彼らは最後には殺す。それは確かだ」(41)。これ以上剥き出しの救いのなさはあるまい。戦争から逃亡し、社会を捨て、世の中全部を否定して、キャサリンと個人の幸福を求め、わが「家」を作り、それも喪失したヘンリーには、もはや何もない。息を呑んで小説を読み進んだ読者は、この見事なまでの虚無に行き当たり、「僕は雨の中を歩いてホテルに帰った」という抑制の効いた最後の文とともに、その中に置き去りにされるのである。

この幕の引き方は読者を感服させる。黙って男らしくそれに耐える主人公は、強い余韻を残す。しかし作品と異なり、生き続ける読者は虚無の中にとどまることはできない。誰しも、死を予期したキャサリンのように「死ぬのは怖くないの。ただいやなの」と言って死にたくはない。少なくとも最期に「いやだ」とか「罠に落ちた」という言葉で人生を終えたくはない。ヘミングウェイも意識下でそれは承知していた。でなければなぜヘンリーは自ら選択した戦争放棄に対して、「学校をサボった子供」や「罪人」のように感じたのか。キャサリンの死の床はなぜ「宗教裁判所の絵のよう」だったのか。その裁かれる感覚、罪悪感はどこから来るのか。

ヘンリーは世の中から離れて単独講和(a separate peace)を結び、キャサリンと一体となろうとした(Don't make up a separate me)。しかし「愛し合う者は喧嘩するか死ぬかどっちか……人間はみんなそうだ」と作中人物に言わせる作者は、もともと二人の一体化の永続性を信じていない。たとえハッピーエンドとなってヘンリーが彼女とともに暮らしたとしても、社会から切り離された（separate）「二人っきり」の世界の閉鎖性ゆえにそこに安住できず、彼女と喧嘩をして別れたであろう。他から切り離されているかぎり、二人であろうと一人であろうと単独、孤独であることに違いはない。すべてから分離して自分一人の「個」のために生きることの本質的な虚しさ。そこから来る不安と後ろめたさにヘミングウェイは気づいていた。そのために「個」を懸けられるものが、孤独（separateness）を消失しうる対象が欲しい。それは安易な抽象名詞ではなく、彼のようにしたたかな「個」が納得できるものでなければならない。

『武器よさらば』からほぼ十年間、彼は獲物を競う釣を楽しみ、スペインで闘牛に熱中し、一年以上かけてアフリカでサファリ旅行をし、その体験を書いた。名士となった彼の文は売れたし、最初の妻と離婚してすぐに再婚した妻は金持ちだったので、財政的に非常に自由があり、世界的不況の三十年代にもかかわらずやりたいことがやれる生活だった。一九三五年出版の『アフリカの緑の丘』で、望むものは何かと聞かれて彼は、「できる限りうまく書く」こと、「同時にすばらしい人生を楽しむ」ことと答え、「狩をしたり、その他たくさんのことだ」と説明する。自分が欲しいものは「勿論（absolutely）わかっている。私は常にそれを手に入れる……金はいつでも稼ぐことができた」という彼は、では幸せなのかと聞かれると、「他の人々のことを考えるときを除いては」（17頁）と答えている。可能な限り「自分自身の人生を好きなところで好きなように送った」(53頁)彼は、しかしそれだけでは満たされないことを充分に知ったのだ。

一九三七年、スペイン内戦が起こったとき、スペインを愛する彼は共和派の従軍記者として戦争に参加し、人々とともに戦い、「他の人々のことを考える」幸福を味わった。戦争を題材とした戯曲『第五列』(一九三八年)の主人公フィリップは、恋人に「戦場から二人で逃げ出してリゾート地に行こう」と誘われて、いいホテルに泊まり、愛し合い、カクテルを飲み、うまいものを食べ、競馬、キジ撃ち、鮭釣を楽しむというのか、「僕らのすることといえば楽しむことだけだ」、「僕はそんなところはみんな行ってきたし、もう興味がないんだ」と拒絶する。つまり『武器よさらば』の「食って、飲んで、キャサリンと寝る」という願望がかなうだけでは、真の充足感は得られないと悟ったヘミングウェイは、この戦争で単なる個人的満足を超えうる手がかりを探し当てたのだ。それは一九四〇年、『誰がために鐘は鳴る』となって大成した。

三　義務

一気に書き上げられたという『誰がために鐘は鳴る』は、アメリカ人の青年ロバート・ジョーダンがファシズムと戦うためスペイン内戦に参加し、恋をし、英雄的な死を遂げるというストーリーだ。五百ページのこの大作に描かれるのはたったの三日間、その集中度のためジョーダンの人生希求の熾烈さが全編を貫いている。『武器よさらば』において、愚劣な戦争をする世の中を捨て、愛する女性との世界を作ることが不可能だと知り、「すべてをあとにして」自由となった単独の（separate）「個」はその存在の基盤を探求した。それが本物ならば自己の死に直面しても揺るがないはずだ。人はそれによって真に生き、「個」の生命をその中に投入できるか。その検証の物語をヘミングウェイは、「七十年を七十時間で生きる」という、強烈な凝集度をもってジョーダンにさせたのである。

作品の冒頭で、橋梁爆破の任務を帯びてスペインにやってきたジョーダンは、大きな不安を感じている。それは爆破が「人民軍攻撃開始の直後でなければならない」という条件のため、非常に困難な仕事だからである。ゴルツ将軍から任命されたとき、将軍はこの爆破について「〜でなければならない」とmustを五回も使って話し、「何者も橋を渡って来ないこと。これは絶対だ（absolute）」と任務の重大さをジョーダンに悟らせる。しかし作戦全体についてジョーダンは何も知らないし、まして戦争の大局を把握してなどいない。「考えまい。それは自分の仕事じゃない。……自分はただ一つのことをやるのだ……そのことをはっきりと考え抜いて……心配してはいけない。心配するのは怖がるのと同じくらいまずい」と決意して、彼は岩間を流れる澄んだ水を見つめ、川を渡ってミズタガラシを両手で摘み取り、きれいな冷たい青葉をかじり、染みとおる冷たい水を飲む（1）。

これは実はこの作品の土台であり、ジョーダンの生き方の基本なのだ。彼は自分の任務のコンテクストを知らない。任務が危険であればあるほどそれを知りたくなるのは当然だが、知ることができない事実を正直に見つめ、自分にできること、なすべきこと、つまり一つの行動に集中することに努める。一点にスポットライトを当てその他を闇として意識から追い出し、ともかくスポットライトの中をパーフェクトに行おうとするのだ。これは闇から一旦抜ける方法としては非常に有効である。しかしスポットライトの一点がその背景とどう係わっているかわかってこそ、行為者は納得して十全にコミットできる。だから彼は不安を完全に拭い去ることはできない。そういうとき彼はその鋭敏な感覚と注意を自然に向ける。澄んだ水の流れ、清らかな冷たい青葉に触れて落ち着きを得ようとする。これは「大きな二つの心臓の川」で、ニックが心の痛手を釣によって癒すのと同じ方法だ。自分の行動の意味が不確かになると、ヘミングウェイは自然の中に赴き、その感覚によって自分のいわば重心を取り戻すのである。

さて、スポットライトの一点であるこの任務の重要さは、作品の中で繰り返し述べられる。ジョーダンが援助を求めようとしている土地の頭目パブロは、かつて勇猛に戦い多くのファシストを惨殺した男だが、今は「追い立てられるのに飽き飽きして」無事に暮らしたいと望んでいる。それに対してジョーダンは「俺はただ義務を果たしに来ている。戦争を指揮している人たちの命令のもとに来たのだ……俺は命じられたことをやらねばならない」(1)と言う。彼の任務の困難さを見抜いたパブロは、夜中になって正直に「死ぬのが怖い」と妻のピラールにもらすが、ジョーダンの方は、ピラールに「怖くないか」と聞かれると「死ぬことは怖くない……なすべき義務を果たさないことが怖い」(9)と本心から言う。ところがピラールに「共和国を信じるかね」と聞かれると「信じる」、とそれが本当であることを願いつつ」彼は答える。つまり彼はスペインを愛してはいるが、思想的、政治的確信はない。だからこそ、義務が重大であり命令が「絶対」であることを己に言い聞かせる必要があるのだ。

戦争の愚かさに怒りを覚えて脱走したヘンリーと、これは何という違いか。「栄光、勇気、神聖といった抽象的な言葉は、具体的な村の名前や、道路の番号や……日付などに比べると猥褻だ」(27)、「義務などもうない……怒りは一切の義務とともに川の中で洗い流された」(32)とヘンリーは言い切った。ところがジョーダンは義務、命令、勇気を何より重んじ、そのために命を捨てる。これは一見反動、転身に見えるが、実はそうではない。自分が納得できる生き方を求めて義務を捨てたヘンリーは、何によっても満たされない寂しさを覚えた。頭目のパブロは爆破計画不可能と見て一旦は仲間を裏切り、爆破装置をもって一人逃走するが、翌日味方を五人集めて戻って来て「俺は心底では臆病者じゃない。……裏切って逃げたりするととても我慢ができないほど寂しくなる。……俺は独りぼっちになるのはいやだ」と言う。これはヘンリーと共通する心情だ。否定すべき対象があるとき「虚無」(nothing)と叫ぶことには大いに意味が感じられるが、その対象を捨ててしまった後は、個人一人は何によって生きるのか。その拠り所、「個」の存在理由こそ、一貫してヘミングウェイが求め続けていたものだ。その後闘牛を熱愛した彼は『午後の死』（一九三三年）の中で、「偉大な殺し手は名誉、勇気、健康な肉体、立派なスタイル……幸運を必要とする」と書いた。闘牛において「名誉、勇気云々」は「抽象的な言葉」ではない。それは具体的な行動の型、命をかけた技の伝統、目に見える美と勝利の定式であり、常に死と向かい合わせでそれを瞬々生きることが闘牛士たる所以である。ここに個人が肉体ごと従うべき見事な規範を彼は見つけたのだ。ジョーダンはそれをスペイン内戦の戦闘で実践したのである。

もともとヘミングウェイは闘いが好きだった。ジョーダンも「これは実にいい戦闘になりそうだ。俺はいつも自分の戦闘がやりたかった」と言う。これは戦闘に個人主義的な生の充実感を求めるだけの話ではない。以前にジョーダンは革命の真摯な兵士たちとともに戦いつつ、「宗教的な経験」、「壮大な感情」、「絶対的な同胞感」、「深い、健全な無私の誇り」、「恩寵の状態」（17頁）を体験したことがある。その「純粋な感情」は戦場の臆病と堕落を目にして半年ともたなかったが、彼の内部に消えることのない影響を残した。したがって彼は単に戦闘の興奮だけではなく、個人主義的な生を超え、己の死さえ肯定できるような拠り所を求めていたことは明らかである。しかし不運なことに、味方の別の一隊が爆撃され全滅し、橋梁爆破作戦は危機に陥る。ジョーダンはゴルツ将軍に攻撃放棄勧告の報告書を送り、「俺はこの攻撃の本当の理由を知っているのか？

……もともと成功を期待してない作戦かもしれない。俺が何を知っているだろう?」と再び戸惑うが、「やるべきことを決めるのは自分じゃない。おまえは命令に従うのだ。命令を越えたことを考えようとするな」(30)と自分に言い聞かせる。

自分の任務遂行は作戦上意味があるのか。それがわからぬままに義務に従う決意をする上で、彼の支えになったのは「すばらしい軍人」だった祖父の思い出だ。彼は「おじいさんと話をしたいな」と何度もつぶやき、「おじいさんがここにいてくれたら……おじいさんから学ぶことができたらどんなにいいだろう」と思う。彼の父は妻の尻に敷かれる弱者であり、最期に祖父のピストルで自殺した。「男にとって最も不運」なことに「臆病者」だった父を、ジョーダンは心の中で深く「恥じている」が、これはヘミングウェイの伝記的事実と一致する。ジョーダンにとって、父と対極にある祖父は彼の手本、コード・ヒーローなのだ。「死ぬことは怖くない。なすべき義務を果たさないことが怖い」という彼の言葉は、実は、祖父のように勇気ある立派な男になるか、父のように臆病者になるかという選択の、切羽詰った個人史を背景にもつ。彼が何より恐れていたのは、死ではなく「恥辱」、即ち男の否定なのだ。彼にとっては、虚無に耐え、闘うだけでは充分ではない。とどのつまり死に臨んで勇者たりえなければ、男ではないのだ。したがって、ジョーダンが心の底で求めているのは勇者の証明であり、その最終的形態が勇敢なる死だった。

ジョーダンを感動させた忠実な老人、アンセルモの死を見てみよう。彼は翌日の戦いのことを考え、ジョーダンの「命令どおりやる」つもりだが、「主よ、わしをあの人のそばにおいてください……男らしく最期を遂げられますように、最悪のときが来たときわしが逃げ出しませんように」(28)と祈る。攻撃が始まると橋の爆破と同時に鉄片の直撃でアンセルモは即死するのだが、その直前彼は「さびしくも一人ぼっちでもなかった。老人は手に持った針金と、橋と……爆薬と一体(one)だった。今橋の下で働いているイギリスさん(ジョーダン)と一体であり、あらゆる戦闘と共和国と一体だった」と書かれている。アンセルモはジョーダンの命令を信じ、「男らしく」立派な最期を遂げた。彼にとってジョーダンは、ジョーダンにとってのゴルツ将軍の位置にある。アンセルモはジョーダンを、共和国を信じることができた。しかしジョーダンは自分が組織や主義を信じていないことを自覚している。ただ、今の条件下でこうしなければならないからするのだという決断を信じ、「義務」の確信があるときだけ、彼は落ち着いていることができた。

最終章で爆破に成功し、一団が逃げるとき、彼は砲撃によって脚に致命的な怪我をする。一緒に残りたいと叫ぶ恋人マリアに、「君が行けば僕も行くのだ。もう僕は君でもあるのだ。さあ君は僕たちのために行くのだよ。わがままを言ってはいけない。君は君の義務を果たさなければならない」と全力で説き聞かせるが、ここでも「義務」が最高の価値を与えられている。確かに彼は、マリアを愛するがゆえに彼女を逃がすのだが、一人残って「自分が彼女に言ったことを信じるように努めよう」と言うからには、二人の一体化を信じてはいない。彼はやはり一人死ぬのだ。

「誰でもいつかはこうしなければならない」、「恐れてはいない」が「この世を去るのがいやなのだ」という姿勢は、『武器よさらば』でキャサリンが死ぬとき「怖くはないの、ただいやなの」と言うのと同じである。だが生き方については、「彼らはいつかは殺す」という見方から、「いい人生を送ることができた。おじいさんと同じくらい立派な生涯を送ることができた」と、大きく肯定的に変わる。彼は満足して「おじいさんにこのことを話したいな」と言い、空と白い雲を眺め、最後に敵を狙いつつ晴れ晴れと死に臨む。最後の場面の自然、空と白い雲は山とともに「キリマンジャロの雪」や『老人と海』でも崇高な憧憬の対象であり、超越的な要素を暗示している。

しかし、読後に何か釈然としないものが残るのはなぜだろう。それは、切り離された個人として生きる虚しさから、「義務」を果たし人々と一体化する幸福への橋渡しの中に、「義務」の必然性が不確実だという間隙が依然としてあるためだ。「おじいさん」はそれを埋めるだけのリアリティに欠ける。ヘンリーにおいて戦争を捨てた著者は、なぜジョーダンにおいて南北戦争の勇士に手本を求めたのか。個人の真の充足に生きようとする者が、祖父というファミリー（祖先）に、北軍に表明されるアメリカの理想（祖国）に回帰する道筋は不明である。ただ、ジョーダンの天晴れな戦死によって、彼の人生がほぼ三日間に凝縮されていることが、その烈しい密度が、間隙を隠蔽している。彼の死は必要不可欠なのだ。だからこそ彼にとって最も重要なのは男らしい死だった。戦友や恋人への愛情は本物でも、それは彼の雄々しい死に従属するもので、彼の死が他の人々への連帯感に帰属するのではなかった。男らしさの個人主義を最大限に推し進めると、個人の死に到るしかないというアイロニー。それはジョーダンの男のイメージがあまりに偏り、硬直していたことを示している。

四　滅却

ヘミングウェイが書かなかったことがある。彼によって無視され抑圧されたそれらのものは、しかし無言で存在を主張している。どこまでも男らしいヒーローを打ち出した『誰がために鐘は鳴る』にさえ、それは垣間見ることができる。例えばこの作品には家（home、わが家）というものが登場しない。家を失い山に逃れてきた人民軍や、家を離れて戦う人々だから当然の話であり、家の言及はいわば陰画の形で三箇所ほどある。アンセルモが厳寒の中、暖かい火のある哨所を見張っているとき、「この戦争が早くすんで家へ帰れるといい。だが誰だって今は家を持たない。誰もが家へ帰れるようになる前に、俺たちはこの戦争に勝たねばならないのだ。」「俺は寂しい。だが兵士たちはみな寂しいのだ。兵士の妻たち、家族や親を失ったものはみな寂しいのだ」、だが自分が共和国のためによく働いたということだけは自分の誇りだ（15）、と彼は呟く。ここには家に帰りたいという、人間的な無理からぬ感情と、帰るといっても戦時中、家も家族もなくて寂しい、だからまず共和国のために戦わねばという自発的な義務感がある。脱走しても幸福な家は不可能だと知ったヘンリーの後を受けた言葉である。

次に、アンドレスという若者が、ジョーダンの手紙を届けるよう司令部まで派遣されるとわかったとき、心に去来するのが家のことだ。彼は強く勇敢な青年で、翌朝の戦闘に平静に臨む気持ちでいたにもかかわらず、そのとき「救われたような安堵感を覚えた」。素人闘牛の得意な彼は、村のチャンピオンとして毎年の行事に参加していたが、祭りの朝目覚めてみると、屋根に当たる雨の音に「ほっと救われた気持ちがした」、そのときと同じだった。好きな闘牛には興奮と歓喜を覚えるのだが、それでも「今日はやらなくていいと知ったときのあの気持ちほどいいものはない」(34)。「戦争さえなければ……雷鳥の巣を探して卵を取って、うちのめん鳥に抱かせて孵し、それを育てておとりに使うんだが……。小川に行って川えびを釣るんだが……。俺はやっぱりそんな暮らしがしたい。俺はそういう小さい平凡なことが好きなんだ」と彼は思う。だが今「家もなければ中庭もない……家族もない」、だから生きるためにファシストを敵として戦っているのだと彼は考える。しかし「こうした高尚な思索の甲斐もなく、祭りの朝雨の音とともに訪れるあの救われたような安堵の気持ちが、すぐそのあとから湧き上がってくる」のだった。

外は凍死しそうな寒さ、雨、あるいは闘いの緊張であり、家の中は安堵である。身を守ってくれる家を求める彼らの気持ちは、読む者にひしひしと伝わってくる。激烈でない、英雄的でない、普通の暮らしがしたいというのはごく自然な心情だ。また目前の死からいっとき逃れた途端に思わずほっとすることを誰しも否定できない。だが『武器よさらば』後十年を経たヘミングウェイは、個人的満足を主とする生活は戦争等によっていとも容易く潰されること、またそういう日常生活だけでは自己は決して充足しないことをすでに知っていた。ジョーダンが欲したのは、生理的、本能的感覚や個人的感情を越えうるもの、そのために命をかけられるものである。だから愛するマリアとの暮らしを切望しつつも、彼は任務を最優先させることに一度として疑念をもたなかった。戦闘が始まり橋に爆薬を仕掛け終えるとき、彼の意識の流れの中に「ここは橋の下。故郷を遠く離れた家（A home away from home）」という言葉が浮かぶ。彼が自らを託したのは、日常的なわが家ではなく戦場だった。終の棲家を戦場と、つまりは勇敢な戦死と定めたのである。

ヘミングウェイが闘牛を熱愛したのは周知の事実だ。勇敢な牛と闘牛士との死闘は悲劇、美学、芸術だが、闘わずして殺されると決まっている闘牛場の馬は、どんなに無残な死に方をしても喜劇でしかないと彼は言う。専ら勇者を称賛する彼は、そういう馬のような生き方をする男を歯牙にもかけなかった。「馬」の対極は闘う「牛」、すなわち勇者であり、より一般的なイメージとしては百獣の王ライオンである。（『老人と海』の老人が夢に見るライオンを思い出していただきたい）。「馬」とは人間的弱み、カッコ悪さ、凡庸さ、喜劇性、日常的だらしない自己であり、「ライオン」は「滅ぼされることはあっても敗北することはない」英雄である。常に「ライオン」でありうる人はほとんどいないし、人間誰しも「馬」の要素をもっている。ところがヘミングウェイは、小島信夫氏の指摘どおり、「馬」を書くことに不得手な作家であった。作家として、男らしい男として名声が上がるにつれてその傾向は強まり、世間もまたそういう彼のイメージを求めた。そして彼はついに『誰がために鐘は鳴る』において「馬」を一蹴し、「ライオン」を描いたのである。生きていれば必ず「馬」でもある人間が「ライオン」として完結するには、当然勇敢なる死が必要だった。闘牛の国スペインで、外国人であるジョーダンにとってどうすればそれは可能か。闘牛に代わる自らの祖国の伝統として、彼が唯一提出できたのは勇士であった「おじいさん」――子供時代の思い出だった。命をかけるコードとするには希薄過ぎる、古めかしいこの英雄像のもとに、彼は「わが家」と「馬」を黙殺し、弱みを見せる途を断った。

青年時代に父母の家を出て、故郷を否定し、行動派の作家として成功し、世界狭しと動き回って築き上げた彼自身の「家」は、本質的にはあの「大きな二つの心臓の川」のニックのテントのように、彼一人の空間であり、それは個我の勇気によって世界の虚無に対峙する場となり、やがてストイックな男らしい死へと向かう道程となった。「彼のストイシズムは、少なくとも若さが感じられる間は爽やかなものと言える」と中島氏は述べているが、問題は年老いてそれがどうなるかである。実際ヘミングウェイは創作力の衰えと心身の老衰を何よりも恐れていた。これまで格別の強者であっただけに、なおさら自らの弱さと無力を認め受け入れることができなかった。

人間は、絶望したり死に直面して自己の無力を自覚するとき、自己以上の何かを求めようとする。例えば死の直前に神に祈ったアンセルモは、明らかに心の奥では信仰をもっていた。ジョーダンは神を信じていないが、ヘミングウェイには少なくとも宗教的憧憬はあった。『日はまた昇る』のジェイクは大聖堂で祈るし、『武器よさらば』では恋人への愛情を「宗教的感情」と呼ぶ。ジョーダンは「十字軍に参加するように」ともに戦った日々を「宗教的経験」と記し、マリアとの性的一体感に「グロリア」という言葉を使う。ヘミングウェイの言う宗教性とは、自分以外の存在にフォーカスし、あるいはそれと一体となり、あるいは自己を忘却できることである。強烈な個人主義的充足の人生を送ったからこそ、彼は自己滅却を希求するところまで来ていた。しかしそのための方法を、個人はどうやって見つけることができるだろうか。

彼の父母たち、前の世代は教会の宗教、道徳的清潔、「お上品な伝統」という既成の型に従って生きることができたが、彼は戦争体験を契機にそれを否定し、徹底的に自分個人の感性と活力によって新しい拠り所を探した。『日はまた昇る』には爆発するフィエスタ（祭り）のように、そのエネルギーが渦巻いている。『武器よさらば』では戦争を捨て、愛を失い、無に耐えるストイックな強さが描かれる。だが個人がその固有の力だけで前進し続けるのはいかにたいへんなことか。個人の意欲、感情、感覚は本来永続しないものだし、誰しも生物的エネルギーは加齢とともに衰退していく。だからそういう「個」を委ねうるもの、何らかの型が求められるのは当然である。しかし強者であったゆえにそれはいっそう難しく、またナイーヴで真っ正直なだけに安易な型に身売りせず、「わからないまま」という不確定状態に単独で力の限り耐えた彼は、自己に課す「義務」によって己を支えるしかなかった。

未完の『海流の中の島々』で彼は、「愛情（つまり個人的感情）とは失くすものだ」、「義務、それをおまえは果たす。義務とは？　俺がすると言ったことさ」（146頁）と書いている。この皮肉なジョークに、自分が拠るべき義務が自分の恣意であるという、「義務」の空転性が明白に現れている。とすればそれを救うのは、「ただ立派にやればいい」という義務の果たし方だけとなる。そして「立派」の究極は勇敢なる死。ヘミングウェイが闘牛に惹かれたのはそれゆえであるが、実人生を闘牛に化すことは不可能だ。六十一歳、酒に強い彼も年とともに体を壊し、血圧降下剤の副作用で鬱病となり、あれほど「恥辱」として恐れていた父と同じく、銃で自殺した。「立派」でない自己を処罰することが、己に残された最後の男らしさであるかのように。

二十世紀初頭、個人主義的競争原理の国アメリカには、競い合う強い男たちがひしめいていた。成功者へミングウェイは中でも目立つ強者であり、強者の行く末を華々しい形で示してくれた。いつまでも強い男であろうとすれば必ず訪れる凋落を。それを拒むには自らを消すしかないことを。彼はアメリカの強い男の栄光と重圧、幸福と悲惨を、巨躯に担えるだけ担って一つのモデルを提示し、それを越えるように私たちに促したのだ。彼が自殺したのは一九六一年であるが、ちょうどこの六十年代からアメリカの思潮は大きな変化を見せ始めた。やがて環境問題と自然保護運動を引き起こすことになった、レイチェル・カーソンの『沈黙の春』が出版されたのは翌年の六二年。女性学、男性学の先駆けとなる『女性らしさの神話』（邦題「新しい女性の創造」）がベティ・フリーダンによって書かれたのが六三年である。

エコロジーの研究とともに、あらゆる生き物はばらばらではなく、地球という共通の生態系の中でつながり合っていることが認識され、男と女は対立するのではなく調和する関係であることが主張されるようになった。separateness（単独、分離）からoneness（一体化）へ向かう流れの中で、振り返ってヘミングウェイに黙祷したくなるのは私だけではあるまい。

〔註〕文中の（　）内の数字は第何章かを表す。頁数は（～頁）で表す。Tは文献1を、Oは文献2を指す。

〔文献〕
1 Hemingway, E. *The First Forty-Nine Stories*, London, Arrow Books, 1993
2 蔦森樹『男でもなく女でもなく―新時代のアンドロジナスたちへ―』東京、勁草書房、1997
3 ヤング P『アーネスト・ヘミングウェイ』利沢行夫訳、東京、冬樹社、1976
4 Hemingway, E *The Sun Also Rises*, Arrow Books, 1994

5 Hemingway, E. *A Farewell to Arms*, Arrow Books, 1994

6 Hemingway, E. *Green Hills of Africa*, Arrow Books, 1994

7 Hemingway, E. *The Fifth Column*, New York, Simon & Schuster, 1998

8 Hemingway, E. *For Whom the Bell Tolls*, London, Arrow Books, 1994

9 Hemingway, E. *Death in the Afternoon*, Arrow Books, 1994

10 Hemingway, E. *The Old Man and the Sea*, Middlesex, Penguin Books, 1966

11 佐伯彰一編『ヘミングウェイ—20世紀英米文学15』東京、研究社、1990

12 Hemingway, E. *Islands in the Stream*, New York, Simon & Schuster, 1997

13 Hemingway, G. H. *Papa a Personal Memoir*, Tokyo, Sanshusha, 1980

14 中島顕治『ヘミングウェイの考え方と生き方』東京、弓書房、1983

家なき作家ヘミングウェイ

はじめに

ヘミングウェイは行動的、野性的で極めてアメリカ的な作家と言われ、生存中は英雄視さえされたが、意外にも小説の舞台は殆ど外国で、「アメリカを描かなかったアメリカ作家」と呼ぶ批評家もいる（今村）。自国ばかりか生家や故郷も描かれておらず、彼の作品には〈わが家〉のイメージが希薄である。この〈家〉の欠如はどこからくるのか、ヘミングウェイにとって〈家〉とは何であるのかを、主要作品を通して探ってみることにする。

一　破壊された〈家〉

最初の短編集『我らの時代に』の舞台を見てみよう。これは十五の短いスケッチと十五の短編が交互に組合わされた構成となっている。スケッチの方は、前半七章が戦争を舞台とし、真ん中に街頭場面を挟んで、後半六章が闘牛に関するもの、最後の章が囚人の絞首刑を描く。その内容は1、2が退却と逃避行、3、4が敵を射撃する場面、5から8は銃殺、負傷、砲撃、など撃たれる場面、9から14が闘牛の奮闘、傷つく馬、失敗、名闘牛士の技、その死となっている。「逃げる、撃つ、撃たれる、闘う、死ぬ」がテーマである。その描写に出てくる家といえば、バリケードに使われる、立派な家から取って来た玄関の鉄格子や、六人の男が銃殺される病院の中庭、背中を撃たれた青年がもたれる教会の壁、そこから見える壊れた家、つまり破壊され、荒廃した家屋の残骸ばかりである。次に短編の主要なテーマを挙げると、次のとおりである。

一、「インディアン部落」　インディアン女性の難産、白人医師による帝王切開、夫の凄惨な自殺

二、「医者と医者の妻」　非常に相性の悪い夫婦

三、「事の終わり」　青年の失恋と製材所の廃墟での別れ

四、「三日間の嵐」　青年は失恋の後、友人と語らう

五、「ボクサー」　列車から突き落とされた青年が、失恋して狂ったボクサーに出会う

六、「とても短い話」　失恋

七、「兵士の家」　理解のない母親と、違和感のある家で居場所のない青年
八、「革命家」　旅する内気な青年がスイスで投獄される
九、「エリオット夫妻」　辛辣に戯画化された、空虚な夫婦
十、「雨の中の猫」　家庭というものに憧れる寂しい妻と無理解な夫
十一、「季節はずれ」　禁漁期に釣りをして法に触れるのを恐れる夫と不機嫌な妻、アル中のガイド
十二、「果てしない雪」　ヨーロッパで友人とスキーを存分に楽しみ、アメリカの家に帰ることを束縛と感じる青年
十三、「僕の親父」　少年の父は騎手で、事故死する
十四・十五、「大きな二つの心臓の川」　自然の中で一人釣りをする青年

一見してわかるように、描かれるのは、失恋、うまくいかない夫婦、居心地の悪い家ばかりであって、わが身を守ってくれる、安心できる場所としての家は一軒も見当たらない。その上主人公の住まいの多くはホテル、別荘、下宿屋である。彼らが安堵と幸福を感じるのは家ではなく、雪山や川などの自然の中である。この短編集が伝えるのは、人間は逃げるか、戦うか、やられるか、挫けずにしかし最後は死ぬかのいずれかであり、世界は自分に敵対するものだということ。〈家〉

というものは居心地が悪い所で、結婚や家庭は自由を束縛するということである。スケッチに見られる家屋の残骸は、作者にとって〈家〉が既に破壊され尽くしていることを示している。

ヘミングウェイを一躍有名にした『日はまた昇る』においても状況は変わらない。主人公のジェイクはヨーロッパに住むアメリカ青年である。戦争の負傷から不能となり、相思相愛の英国女性ブレットと不毛な恋に苦しむ。性的に不能であることは、愛する女性と結ばれえない不幸であり、同時に女性と真っ向から係わるしがらみから自由であることでもある。そのために彼はある種のdetachment（距離、公平さ）を備えて周りの人間模様を見つめることができる。友人と旅行して釣りを楽しみ、仲間と闘牛を見物し、実らぬ恋に苦悩するが、少なくともその身の自由は保証されている。「勘定書はいつもやって来る。……おれはあらゆるものに支払いをしてきた」と言う彼は、自分では自覚していないが、不能という不幸によって支払いをしたので何のやましさもなく自由を享受できるのだ。その自由は裏返せばそのまま孤独ということなのだが。彼の住まいはやはり下宿やホテルであり、もともと希望のない恋を筋立てとする小説に〈家〉の出る幕はない。

二　幻想の〈わが家〉

二十代に出版された前記の二作は、若者らしく家からの離脱と彷徨をテーマとしており、家庭が登場しないのは当然ともいえよう。しかし三十歳で出されたベストセラー『武器よさらば』は、反戦と熱烈な恋を描く以上、〈わが家〉が出て来てよいはずである。事実、戦争を嫌悪する兵士たちは「敗北とは何だ？　家に帰るってことさ」（46頁）とか、「戦争は終わった。俺たちは家に帰るんだ」、「みんな家に帰るんだ。平和万歳！」（196頁）と言う。しかし主人公フレデリック・ヘンリーの行動を辿ってみると、彼は軍務についているときは、軍が使用するイタリアの立派な邸宅に、負傷すると軍の病院に、恋人といるときはホテルか山荘に滞在し、彼の〈わが家〉は登場しない。

前線に戻る前日、彼は恋人キャサリンとミラノのホテルに宿泊し、「その部屋は僕たちの家（our own home）のような感じがした。病院の僕の部屋も僕たちの家だったが、この部屋も同じように僕たちの家だった」（139）と言う。別れるとき「僕たちのすてきな家（our fine house）を去りたくない。でも行かなくては」と彼は言い、キャサリンは「あなたが帰るときにはあなたのためにすてきな家（a fine home）を用意しておくわ」（140頁）と答える。前線の混乱で無意味に銃殺される所を間一髪で脱走した彼は、キャサリンと再会してストレーザのホテルに入ると、「僕たちは家に帰ってきた。もうひとりぼっちとは感じなかった」と幸福感に浸る。しかし愚劣な戦争と手を切って「単独講和」をしたにもかかわらず、脱走したという後ろめたさを打ち消すことはできない。

逮捕される寸前に、嵐の湖をボートで漕ぎ渡ってイタリアからスイスに逃走し、山荘を借りて、身ごもっているキャサリンと彼は二人きりの幸せな生活を送る。しかし「昔はすることがたくさんあったが、今は君が一緒にいてくれないと何もないんだ」というフレデリック、「あなたと同じようになりたい、あなたになりたい」というキャサリンの言葉に伺えるように、互いに相手しかいない二人の閉鎖的な世界には、不吉な虚ろさの影がある。やがて出産のため病院に入ると思わぬ難産で、キャサリンは帝王切開を受けるが赤ん坊は死産、彼女自身も出血多量で息を引き取る。戦争する社会を拒否しても、フレデリックは幸せな〈わが家〉を築くことはできなかった。

この小説を通じ彼の住居は、軍に配属された建物か、キャサリンと暮らすホテルや山荘であり、一貫して他から提供される住まいである。しかも入用な金は、一覧払為替手形を振り出すと祖父が「祖国の勇士」である彼に送ってくれていた(68)。フレデリックが恋人とともに「わが家」(our own home)、「幸福」(happy)と感じる仮の家は、実は経済的にも家事やまかないの上でも、常に他者によって維持されていたのである。

三十四歳頃のサファリの体験を描いた『アフリカの緑の丘』で、愛するアフリカにいるとき彼はこう書いている。「今私がしたいことといえば、アフリカに戻ることだった。私たちはまだアフリカを去っていなかったが、夜目覚めたときなど、私は横になって耳を澄まし、すでにアフリカにホームシックな感情を懐いたものだ」。「今、アフリカにいて、私はさらにアフリカを渇望した」(53頁)。なぜアフリカにいながらアフリカを渇望するのか。それはそこが〈わが家〉ではなく、いずれそこを去らねばならぬことがわかっているからだ。ヘミングウェイは感覚的心情的に強烈に惹かれるアフリカを「わが家のようにくつろげる」（at home）と感じたが、生活面ではもちろんそこに所属していなかった。フロリダ最南端のキー・ウェストに居を定めつつ、心はスペインやアフリカにある彼の〈わが家〉は、本当のところどこにも特定できなかったであろう。

三　〈家〉を捨てた勇者

同じくアフリカの体験から取った有名な短編「キリマンジャロの雪」の冒頭に、キリマンジャロは「アフリカで最も高い山……その西の頂はマサイ語で『神の家』と呼ばれ、そのそばに乾いて凍りついた豹の屍がある」と説明されている。主人公である作家ハリーは、サファリの途中で不注意な怪我から壊疽を起こし、今や死に瀕している。彼は自分の才能を売って「安全、快適、いい女と引き換えにした」（58頁）ことを痛切に後悔する。この「安全、快適、いい女」という個人主義的満足感が、これまでの作品における〈わが家〉の属性であったことは間違いない。しかし、金持ちの妻が提供してくれた豪華な家と生活は、死を目前にしたハリーにとっては何の意味もなかった。彼は自己の才能を、傑作を書くという本来の方向に発揮すべきであったのだ。死んでいく彼が見た夢幻の光景は、「大きく、高く、陽光に輝く信じがたいほどに白い」キリマンジャロの威容だった。彼の願望は世俗の安逸の〈家〉から遠く離れ、雪の高峰〈神の家〉で永遠の豹に、不滅の作家になることではなかったのか。

その四年後、四十一歳のとき、著作の中で最もよく売れた『誰がために鐘は鳴る』が出版された。スペイン内戦を題材にし、激烈な戦闘と恋の三日間を描くこの作品には、完全に〈家〉が欠落している。戦場にあって思い出すわが家に対する懐かしい思いを、家族を殺された人々は振り切って戦いに赴く。派遣されたアメリカ青年ロバート・ジョーダンとスペインの共和主義の人々が暮らすのは山の洞窟である。暖かく、むっとして食べ物と汗の匂いの立ち込める洞窟の中に比べ、外気は松、露、清流の香りが清々しい。夜は非常に寒く雪さえ降るが、ロバートは毎夜戸外で自分の上等の寝袋に寝る。恋するマリアと結ばれるのも常に外の自然の中だ。

いよいよ橋梁爆破の戦闘に出掛けるためマリアと別れの挨拶をするとき、彼は初めて家を離れて学校に行くために、父に見送られて汽車に乗ったときの気持ちを思い出す。そのとき彼は内心こわかったが、父が別離に耐えられず目を潤ませているのを見て当惑し、急に自分の方がずっと年上であるような感じがして、父を気の毒に思い、恐怖心は失せてしまったのだった。その父は後年自殺をしてしまった。臆病者として密かに恥じていた自分の父を、そして子供として属していた〈家〉を背後に残し、彼は勇者への道をまっすぐに進む。最終的にロバートは困難な任務を立派に遂行し、砲撃で致命的な傷を受けるが、南北戦争の勇士であった祖父に負けない立派な一生が送れたと、晴れ晴れとして戦場で死を迎える。キリマンジャロの雪の中の豹のように、不変の勇者として。

余りにも英雄的に描かれたロバートは、こうして勇敢な死を遂げる。しかしそれは生身の人間がたやすくできることではない。勇者たらんとしてロバートが否定した「家に帰りたい」という自然な感情は、兵士の一人アンドレスを通して書かれている。戦闘前夜突然司令部まで派遣されることになったアンドレスは、勇気も力も備えた青年だが、そのとき「救われたような安堵感」(393頁)を覚える。戦争さえなければ狩猟をしたり釣りをしたり、ささやかな平凡な暮らしがしたいと彼は思う。だが今は「家もない、中庭もない……家族もない」、だからファシストと戦っているんだと「高尚な思索」をするが、それでも戦闘からはずされて救われたような安堵の気持ちは湧き上がってくる。普通の暮らしと家を求めるアンドレスの気持ちは、読む者にひしひしと伝わってきて共感を誘い、ヘミングウェイが心の奥では決して〈家〉を捨て去ったわけではないことがうかがわれる。ほっとできる場所、安心できる場所を必要としない人間はいないのだ。

四　孤独の〈家〉

「家は港と外海の境目、細長く突き出した岬の一番高いところに建っていた。それは三度のハリケーンに耐え、船のように堅牢に建てられていた」。『海流の中の島々』の冒頭の文である。四十代後半から執筆されたこの未刊の原稿に、初めて現実の〈わが家〉らしい家が現れる。それはキューバ島に建てられた白い立派な家である。「嵐を乗り切るためにそこに建てられ」、「全部の窓から海が見え、縦横に風が吹き抜ける」、「船のような」家だと描写されている。大きな暖炉があって冬でも暖かく快適で、主人公ハドソンはその家を、船と同じくshe（女性）として考え、わが家を見ると幸福を感じた。世界狭しと「動き回るのが嫌になり」、「島に身を落ち着けて」、自分の家をもった主人公がここに初めて登場する。

このわが家にハドソンは一人で暮らし、画家として仕事に勤しんでいる。二度の離婚の結果、三人の息子たちはそれぞれの母と住み、休暇には父と過ごすために島にやってくる。成功し有名となった彼は、ほとんどすべてのものを絵画の仕事と、整然とした仕事中心の生活によって置き換え、「何か持ちこたえるもの、彼を支えるものを作りえたと思った」（13頁）。彼にとってそれは充分に満足できる一人暮らしの生活だった。しかし愛する子供たちがやってくると、「彼が築き上げた自己防御的な日課」はたちまち打ち砕かれる。息子たちと一緒にいると彼はこの上なく幸せだが、同時に、彼らが去ると孤独がすぐ始まることは既に痛いほどわかっている。仕事のための「規則」や「習慣」や予定の時間表も、結局「孤独な人々が自分を救うための工夫」であり「すべて孤独を処理するためのもの」であった。

ここには子供に対する父親としての愛情が素直に描かれていて、読者の胸を打つ。子供が去るときの彼の深い寂寥感も否応なく伝わってくる。だからこそ、その守りは幾重にも堅く、痛ましささえ感じさせられる。自分で決めた時間を厳守して絵を描きながら、「ここで仕事の手を休めてしまったら、自己防御のために築き上げた殻（carapace）が破られる……自分のために仕事で築き上げた安全（security）を失ってしまう」（188頁）、だから仕事のために習慣を守ろうとする。「人生が仕事のうえに堅固に築き上げられた」彼の〈家〉は、つまるところ仕事のための場所だった。その〈家〉はcarapace（殻、甲羅）であり、一個体の住処であって、家族の住処ではなかった。彼は自分の殻の中で、仕事という自分一人の力量によって懸命に世界に対峙していたのである。

子供達が訪ねてくる幸福や地道な仕事の価値も、いわば薄板一枚の上の安定で、その下に底知れぬ孤独と恐怖があるかのような不気味さを、この作品は潜ませている。ハドソンの馴染みの酒場の主人は彼に絵を描いてくれと頼むが、そのテーマはなぜか恐ろしい竜巻、すさまじいハリケーン、タイタニック号の沈没、この世の終わりと、まるで世界の本質は破局であるかのように、劇的な大破局ばかりである。事実ハドソン自身、〈わが家〉という殻で一人頑張り続けることに、いずれ終止符を打ちたいと意識下で願っていたのではなかろうか。実際に二人の息子は交通事故で死亡し、長男は戦死するという形で破局は現出する。「息子は亡くする。愛は失う。残るは義務のみ」と、生きる喜びをなくした彼を、作者は洋上の戦闘で負傷させて死に導く。

ハドソンの〈わが家〉はつまるところ孤独の家である。一方で彼が心底から愛した海や魚など自然界においては、彼は孤独を忘れるひとときをもった。釣で大魚を相手にしてその魚を愛するあまり、自分と魚と「どっちがどっちかわからなくなった」という息子の気持ちを、自然と一体化する忘我の状態を、彼はよく理解できた。冒頭に描かれる彼の家が「港と外海の間」の岬にあることを思い出していただきたい。それは居ながらにして風を感じ、床に波のうねる響きを感じられる家、つまり人間界と愛する自然との間に身を置くべく彼が妥協した地点なのだ。しかし孤軍奮闘する意欲を失ったとき、家ではなく船の中で死を迎える彼は、やはり心の〈わが家〉をもっていたとはいえない。

五　〈わが家〉の温もり

『老人と海』は、ノーベル賞受賞のきっかけとなったヘミングウェイの最後の主要作品といってよい。主人公の老人サンチャゴは、老いても希望と自信をもち、強くて優れた漁師として登場する。しかしもう三カ月近く不漁が続き、少年マノリンに島の食堂「テラス」でビールを御馳走になる場面から物語は始まる。一人暮らしの彼の〈家〉は質素な小屋で、ベッド、テーブル、椅子がそれぞれ一つずつ、それに炊事の場所があるのみ。必要最小限のもの以外すべて削ぎ落としたところは、ソローのウォルデンの小屋を思わせる。彼はいろいろと気遣う少年に「食べ物はある。それに別にほしくはない」と言うが、実は小屋には何もない。少年の配慮で「テラス」の主人が彼に食事をおごってくれる。翌朝、たまり場で朝のコーヒーをもらい、船出のときは一瓶の水だけをもっていく。もはや食べることには興味がなく、漁のために必要だから食べるだけとはいえ、食物は周りから与えられるのである。

翌朝、老人は単身で漁に出て行く。「不漁続きで運から見離された老人の船に同乗するな」と、少年が父から言い渡されたためだ。今日こそ運をつかもうと遠く沖へ（far out）出て行くと、見たこともないほど巨大なマカジキがかかり、老人はたった一人で勇敢に、巧みに、長時間忍耐強く戦って、ついに魚を仕留める。しかし帰途に幾度もサメに襲われ、老人は力の限り戦うが、マカジキはサメに食い尽くされてしまう。このように、洋上のこの迫力ある奮戦とその勝利を、老人は決して家に持ち帰ることができない。彼にとって「海」と「家」とは対極的な関係にあるからだ。海こそ躍動と男の誇りと生きている実感の場であり、老いて一人暮らす家は単に休息し、食べ、寝る所、海に行くために身を置く場所にすぎない。両者は決して統合されず、海の誇りを家に持ち帰ろうとするとそれは骨だけの残骸と化してしまう。

こうした〈家〉の存在の薄さは、海上の鳥たちに対する彼の思いにもうかがわれる。「いつも飛んで餌を探しているが殆ど何も見つけることのない、小さな繊細なアジサシを気の毒に感じ」、「海がこんなに残酷なときもあるのに、なぜ鳥をこれほど繊細にか細くしたんだろう」（23頁）と彼はいぶかる。この繊細な鳥は「挫けない強い男」の裏面であり、作者のもう一人の自己ではあるまいか。疲れ果てた小さな鳥が飛んで来て釣糸に止まると、老人は「年はいくつだね？」と呼びかけ、「その釣糸はしっかりしているよ。……ゆっくり休むといい。……よかったらわしの家にいるがいい」（47頁）と話しかける。長年戦い続けて疲れた老人もまた心の奥では、心身ともにゆっくりできる終局の〈わが家〉を探していたのではないだろうか。

老人は獲物なく失意のうちに家に帰り、眠りに落ちる。しかしそれをわびしさや絶望の物語にしないものがこの作品にはある。彼の勇気や忍耐力はもちろん大きな要素だが、それだけではなく、老人の世話を見る少年をはじめ老人の周りの人々の存在も大きい。何度か食事をくれた親切な食堂の主人や、老人に思いやりを示す町の人々には暖かい情が感じられる。だから思わぬ遠出となったとき、老人は「少年は心配しているだろう、年とった漁師の多くも心配するだろう。ほかのたくさんのやつも。わしはいい町に住んでいる」（104頁）と言えるのである。事実、傷ついて帰り眠る老人を見た少年は泣き、漁師仲間は気遣い、「テラス」の店主は「ほんとに残念だったなと伝えてくれ」と少年にコーヒーをことづける。「話し相手がいるということは何と快いことだろう」と思う老人に、少年は「今度はまた一緒に漁に行こう」ときっぱりと言う。

老人のライオンの夢や「偉大なディマジオ」への愛着に見られるように、彼はまだ強さを残してはいるが、結局のところ老いは否定できない。船の中で「少年の助けがあれば」と何度となくつぶやき、「年老いて一人いるべきではない」と彼は言う。いかに強くても人間は一人では生きられないことを、その言葉が読む者に痛感させるのは、彼が気丈にも老いの身で、孤独と奮闘の限界まで行って帰ってきたからだ。しかも彼は、見事な大魚を骨にされて「やられてしまった。だが何のせいでもない、わしが遠出しすぎただけだ」という言葉にうかがえるように、毅然とした気性を失っていない。そして作品は「老人はライオンの夢を見ていた」という文で結ばれている。しかしライオンの夢を見る老人は「傍らの少年に見守られている」のだ。彼の住む町の人々には適度の距離をおいた温もりがある。彼個人の家はいかに乏しくとも、彼の〈わが家〉は非常に希薄ではあるが周りに広がっている。

おわりに

破壊された〈家〉、否定された〈わが家〉とともに登場したヘミングウェイの主人公は、自分の家をもたないまま、フランス、イタリア、スイス、アフリカ、スペインと動き回った。やがてキューバに堅牢な建物の〈わが家〉が築かれるが、それは主人公ただ一人の〈家〉だった。『海流の中の島々』はその孤独という面を描き、『老人と海』は、一人ではあってもその背後にある土地の人々とのつながりを暗示している。もし健康を蝕まれて創作力を失わなかったとしたら、ヘミングウェイはもっとコスモロジカルな〈わが家〉に近づいたかもしれない。最後に住んだアイダホの家で、彼が家族の目を盗んで猟銃自殺したのは、ごく小さな小部屋だったという。力一杯戦い、幸も不幸も味わい尽くした彼の冥福を祈る。

〔文献〕

1 今村楯夫、和田悟『ヘミングウェイを追って』、東京、求龍堂、1995

2 Hemingway. E. *The First Forty-Nine Stories*, London, Arrow Books, 1993

3 Hemingway. E. *The Sun Also Rises*, London, Arrow Books, 1994

4 Hemingway. E. *A Farewell to Arms*, London, Arrow Books, 1994

5 Hemingway. E. *Green Hills of Africa*, London, Arrow Books, 1994

6 Hemingway. E. *For Whom the Bell Tolls*, London, Arrow Books, 1994

7 Hemingway. E. *Islands in the Stream*, New York, Simon & Schuster, 1997

8 Hemingway. E. *The Old Man and the Sea*, Middlesex, Penguin Books, 1966

〈荒野〉の家

――メイ・サートン『夢見つつ深く植えよ』から

メイ・サートン（一九一二年〜一九九五年）の名を広めた『夢見つつ深く植えよ』は、ニューハンプシャーのネルソンに、彼女が初めて自分の家をもって暮らした経験から創られた作品である。持家を所有することなど一度も考えたこともなかった彼女が、四十六歳頃突然わが家を購入したきっかけは、両親の死だった。母が癌で亡くなり、ついで父が心臓発作で急死して、家は急遽売られることになる。母は英国人で、ベルギー人の父と結婚し、ヨーロッパで家具を製作していた。その美しい家具は、戦争と渡米、幾多の引っ越しにもかかわらず無事だったが、サートンにはそれを売却することはとてもできなかった。そのため両親の家具が置ける場所を求めて売家を探し、彼女はネルソンの古い家に出会った。

ベルギーで生まれ育ち、四歳でアメリカに移り、十七歳のときに親の家を離れたサートンは、以後基本的に一人で生活し、詩の朗読と講演をしてアメリカの方々の大学を回った。それは自分を特定の場所に所属させない放浪の人生だったが、そうはいってもチャニング・クロスの両親の家は、一人っ子の彼女にとっていわば「いつでも冒険から帰って来られるわが家」であった。その「わが家」が両親の死によって消滅したとき、家具という形を取って父母が残した美を伝承するために、彼女は自分の「わが家」を作らざるをえなかった。ヨーロッパとアメリカの間で引き裂かれ、文化的、心情的に故郷もわが家も持たなかった彼女が、「四十代の女には間違った家と結婚するゆとりはない」と、心配におののきながら買った家は、彼女にとってどういう意味を持っていたのだろうか。

一　沈黙

最初に見たときの家と周辺の印象を、「とても静かで晴朗」、「古典的な形の中の優雅さと光」と書いていることから、彼女がまずその家の美しい佇まいに惹かれたことは明らかである。「そう、それは美しかった。母ならその美しさを深く感じただろう」と彼女は思う。当然家は何よりも、芸術と学問を愛した両親の家具の美しさにふさわしいものでなければならない。しかし最終的に彼女にその家を選択させたのは、不意に近くの楓の木の梢から降ってきた高麗鶯の声だった。「それから、その歌に織り込まれたかのように、私は沈黙を聞いた。ここに戻ってくるたびに同じ奇跡が起こる。……世間は消失し、私は命が蘇るような沈黙の中にいる」。高麗鶯の声はちょうど日本の鼓のように、沈黙を呼び寄せ、静寂を満ちわたらせたのだ。友人たちは計画を危ぶんだが、彼女は沈黙に触れた瞬間の直感に従った。彼女にとってこの家の最大の特徴はその沈黙である。それはサートンにとって「命を蘇らせる」、必要欠くべからざるもの、彼女自身の本質と係わるものだった。

では彼女のいう沈黙とはどのようなものであったのか。まず辺鄙な土地ネルソンは、教会と廃校とほんの一握りの家々からなる小さな村で、広大な自然の中にあった。サートンが買った家も、三十六エーカー（約四万四千坪）の森と牧場が付いていたというから、静かなのも当然である。しかし彼女のいう沈黙は、単に物理的な静けさではない。例えば、ネルソンには世間の喧騒も近所のおせっかいもない。こちらから聞かないかぎり、でしゃばって教える人はいない。「……ニューイングランドの寡黙さは大したものだ。……私は自分で何もかもスタートラインから学ばなければならず、それは冒険の一部だった」（55頁）。彼女のいう沈黙とは、周囲からの邪魔がないこと、自分でゼロから始められること、すなわち冒険を可能にする世界である。「そのためにこそ私は来たのだ。沈黙こそ私が求めていた糧、沈黙と田舎――木々、牧場、丘、広い空」（55頁）。しかしなぜ「沈黙と田舎」なのか。彼女の求める沈黙に広々とした自然が必要なのはなぜだろう。

家を改築するときに、彼女は何よりも部屋に「空気と光と空間（air, light, space）」を持たせようとした（34頁）。この言葉は本書に何度も出てくるが、これは彼女が最も感銘を受けた、ニューメキシコのサンタフェに滞在したときの、広大そのものといえる風景描写に、次のように使われている。

私にとって最大の強烈さをもつ場所は……サンタフェのあたりだった。厳しい風景……。感受性の鋭い人なら誰でも、強力な、目に見えない力に晒され、自分が突然裸にされ、四方八方から空気と光と空間に襲われる――魂を表面近くに浮上させるすべてを感じるような、そういう場所の一つを私はこの地上に見つけたのだった。そこでは詩が溢れ出してきた。（21頁）

彼女はサンタフェで見た白いアドービの壁にならって、「この家のすべての光が反射されるように」部屋の壁を純白にした。家具が映えるようにとキッチンの床はマスタードイエローに、キャビネットはサワーブルーに決め、その配色は大成功だった。壺や皿などの室内装飾は青が基調で、マントルピースの上には母が刺繍した青と金色の布を懸けた。ちなみに青と金（黄色）は、やはり広大なニューメキシコを愛したウイラ・キャザーが、好ましい風景を描くのに使った色であり、青は自由と無限を、金（黄色）は希望と生命力を象徴している。サートンも色彩を通して、ニューメキシコの風光を家に持ちこんだといえよう。実際初めて迎えた朝、彼女の目に写ったのは、

「水晶のような大気」の中でまさしく「青と金色に輝く世界」（53頁）だった。「私は空気、光、空間が欲しかった。それこそこの家が具えているものだと今わかる。ここの光は魔法だ。……この流れて変化しつづける光は、絶えざる沈黙のフーガを奏でる」（55頁）という一節からは、この家の沈黙がサンタフェの、人を「強力な、目に見えない力に晒し、裸にする」自然と、深く結びついていることが伝わってくる。彼女の沈黙は広大な自然と切り離せないものだった。

しかもその沈黙は静かさと広がりだけではなく、「強烈さ」に限りなく近い。「強烈な沈黙の中では、微かな軋みや囁きも拡大される」（60、67頁）、「沈黙の中で極めて強烈に生きられた人生」（68頁）という例に見られるように、沈黙は人の神経を研ぎ澄ませ、「強力な、目に見えない力に晒す」。例えばネルソンの冬。「それは最も並外れた光と、最も完璧な沈黙のとき。雪が降ると……全く新しい沈黙が降りてくる」。「並外れた」、「完璧な」、「全く新しい」という語が示すように、その沈黙は普段の生活や日常世界とは異質なものだ。「……地面は見えず、ただ白一色」（85頁）、「いくら耳を澄ませても音一つしない……家は白い波の斜面を行く船のようだ」（86頁）。強烈な沈黙は色でいうなら純白である。サートンが部屋の壁を真っ白にしたのは実はそのためだった。あらゆる色をくっきりと引き立てる白は、あらゆる音を拡大する沈黙である。彼女は色とりどりの花を生けながら、白い花を加えると調和することに気づき、「白はすべての色にとって触媒だ」（124頁）と書いている。同様に沈黙は彼女にとって、人生を最も鮮明に生きるための触媒であり、同時に外部から邪魔されることのないゼロからの出発、冒険のための広大で強烈な風景を意味した。

二　孤独

改築と引越しが終わり、白と青と黄色を基調とした家で、サートンは「孤独を我が領土として」暮らし始める。彼女が買った地所は彼女の所有物だが、「家も、炉石も、壁も、全く所有できないもの……そこでは孤独が私の仕事」(56頁) と彼女は詩に書く。〈孤独〉とは所有を拒むもの、「隠れ家」(shelter) ではなく、彼女が応えなければならない「容易ならぬ要請 (demand)」である。それは「決まりきった日課」(routine) という形を取る。

……日課は何と支えとなることか、精神はその周りを何と自由に動くことか。日課とは牢獄ではなく、時間から自由へと向かう道だ。明瞭に測られた時間はその中に測りがたい空間をもつ。この意味でそれは音楽に似ている。(56―57頁)

「自由」、「測りがたい空間」、つまりサンタフェで実感した広大さのためには、逆説的にはっきりした枠組みが、些細な日課が必要だった。この家の造りがもともと美しい形であり、またサートンが持ちこんだ家具や装飾品が極めて美しいので、彼女は「この家では目のとまるところはどこでも、秩序と美であるよう要請された」。片付けは得意ではないのだが、乱雑さはこの家に似合わない。「白い壁が花々のすばらしい背景」であるため、どうしても家の数カ所に生け花を置かないわけにはいかない。花はもはや「家の全存在の一部である」。こうしていつも部屋のどこかで花に光が差しこみ、花はいわば光の受け皿になる。家の要請に応えて彼女は花々を「選択し、決定し、調和を創造し、無秩序と混乱から、休息と光である明晰さと形をもたらす――私が机でする仕事は生け花に似ていなくもない」(57―58頁)。選択、決定による限定された形の中に、美という無限を呼び寄せるのだ。

この家は、〈孤独〉と〈秩序と美〉を通して、彼女が仕事のときによくかけるバッハ、モーツァルト、ヴィヴァルディのように、「明晰さと構造」を与えてくれる。「またしても、家自体が助けになる。机に座った場所から、玄関をそれから階段をちらりと見て……部屋の端の長い窓が遠くの木々や空の額縁になっているのを眺める。この視線の流れが気持ち良く、ある種の幾何学的な連続となって私の目は広い空間へと誘われる。実際、この家の魅力の一つは、部屋が互いにこんなふうに開いていることだ」。家の「明晰さと構造」が「広い空間」へと「開く」ことと矛盾せず、溶け合っているのである。だから一人で居て寂しいだろう、などと言われると、彼女は「まあ、とんでもない！　ほら、家が一緒ですから」と答える。それればかりではない、「私が一人でいるときにだけ、要請と支えの両方として家はともにいてくれる」（59頁）。明晰な額縁である家は、同時に広い空間へと開いており、事実欧米に散在する友人知人と広く郵便を通して結ばれているサートンは、「決して独りぼっちではない」のだった。

ところでこのように額縁を具えた孤独は、「平穏な生活」（a quiet life）とは程遠い。「強烈な沈黙がわずかの軋みやつぶやきを拡大する」ように、孤独は「人を動物のように敏感に」する。一人で住んでいると「極度に覚めた意識状態」になる。詩が湧き出すのはそういう状態からだが、そこからは心配や緊張も生じる。「詩の風土は不安の風土でもある。私が家に住んでいるとしたら、家も私の中に住んでおり、時に自分があまりにも強烈な、あまりにも多い流れの交差点になっているかのように感じる」（60頁）と彼女は書いている。たとえ物理的には一人でも、彼女の孤独は一人こもっていることではなく、反対に極度に覚めた意識状態で他に自己を開き、他者と直に交流し、自らを「交差点」にすることだ。ちょうどサンタフェの強烈な風土のように、「強力な、目に見えない力に晒され、自分が突然裸にされ、四方八方から空気と光と空間に襲われる」状態なのである。

家が整うとすぐに、遠隔地から三人の親しい友人が来訪し、皆で満ち足りたひとときを過ごした。彼女たちが帰ると一抹の寂しさが残るが「大きく開いていたイソギンチャクが、潮が引くにつれてゆっくりと閉じるように」、彼女も自分を閉ざし、「それから初めて別の潮に、内なる生活、孤独の生活に自分を開いて、その潮流がもたらすものを受け取る」のだ。だからこの家での生活の特徴は、一部には「待つこと自体」（69頁）にある。「孤独そのものが、聞こえないもの、見えないものが感じられるのを待つ一つの方法だ」。後退でもない、逃避でもない、〈孤独〉とは不可視の潮流を迎える積極的な状態であり、張りつめた、体を張った冒険なのである。「この家を訪れて滞在する友人はその孤独を永遠に豊かにしてくれる」（71頁）から、孤独は却って熟成していくばかりである。『ミセズ・スティーヴンスは人魚の歌を聴く』で彼女は、「寂しさは自己の貧しさ、孤独は自己の豊かさ」と書いている。

三　野性

前述のように、サートンの家の沈黙も孤独も、ともに「広い空間（open space）」、「測りがたい空間（immeasurable space）」、「潮流（tide）」などの言葉で表現される、ある種の広大さと関係をもっている。それを可能にした大きな要因は、何といってもネルソンという村の周りの自然が広々として野性的だったことだ。家そのものは改築によって「美と秩序を取り戻した」が、家の外はあたり一面「荒石と雑草ばかり」だった。彼女は家の前を慣れない手つきで耕し、暖炉の火の前で「荒野（a wilderness）の開拓者のように」未来の庭を夢見た。時には森から獣の声が聞こえ、近所には熊やヘラジカも出没する。「未開の原野（wilderness）は静かな村の共同緑地に近接している」（67頁）。勿論ウィルダネスといっても、西部開拓時代の荒野のような人の手の触れない自然ではなく、「ボストンからほんの二時間内の所にこんな人里離れた、俗化していない（unspoiled）世界があるとは」といった、はるかに穏やかな荒野である。

それでもその自然はヨーロッパの馴化された自然とは異なって、アメリカの土地に特有の野性味があった。やがて彼女は次第に庭造りに熱中していくが、そのとき周りの風景を、「こちらの思い通りにはならない、地勢自体」として鋭敏に意識し、「ニューハンプシャー州全体を巨大な日本の石庭として、野性味、さりげなさを保存しよう」（121頁）と決めていた。そうして作られていく庭を散歩しながら、「手なずけられた世界のかなたを、長い牧場、その向こうの大きな樹木を」眺めて、彼女はこう述べる。「この庭の最も喜ばしいところは周りが荒野だということ。広大な自然の中に秩序ある小世界があるということだ」（123頁）。彼女の家が、「空気、光、空間」を入れる明晰な枠組みによって広さを象徴したように、庭は区切りと配置のデザインによって、借景の荒野と調和し、〈野性〉へといざなう。事実、ヨーロッパから彼女の家を訪れる友人が最も魅了されるのは、その土地の「野性的な自然」であり、「その手なずけられていない性質」（159頁）、「フロンティア」の「青と金色の日々」（181頁）であった。

芸術と学問にかかわるヨーロッパ人を両親に持ち、自分も詩作、詩の朗読と講演で身を立てたサートンは、荒野は勿論野良仕事にもなじみがなかった。その彼女にとって、突然我が家を購入したとき、その背景となった荒野とは何だったのか。田舎暮らしの野性が最も剝き出しに感じられる季節は冬である。「冬は動物も人も骨の髄まで削ぎ落とされる季節だ」（85頁）という文で始まる「地の果て」の章に、なぜサートンがこのネルソンの地を選んだかが述べられている。「私は故意に、生活を髄まで削りつめようとしていた。これは……裸の魂に衣服をまとわせ慰めを与えるすべてのものから自分を切り離すことだった」（87頁）。その現実的な方法は「世間をシャットアウトすること」。この家はどこよりもそれがしやすかった。「それは、ネルソンでは私たちは皆地の果てに暮らしているからだろうか。それは文字通り『世界の外』にあるのだ。私が仕事をしているときにここで起こることは、私と神との間に起こるのである」（91頁）。彼女にとって、ネルソンの村に浸透している〈野性〉は、「地の果て」「世界の外」、つまり「私と神」のみの存在する世界、詩作の領域を意味した。

しかし「世間をシャットアウト」して「地の果て」に行けば、無事確実に仕事ができるというわけでは無論ない。強烈な沈黙の中では聴覚が異常に研ぎ澄まされ、完全な孤独の中では孤立の不安に襲われるように、〈荒野〉で暮らせば内面の葛藤ははるかに深刻なものになる。気を紛らわせ、慰め、寄りかからせてくれる何ものもないから、剝き出しの自己に直面せざるを得ず、

「人は高揚や鬱屈の感情の流れに、裸で晒される」（85頁）。自分の仕事は果たしてやるだけの価値があるのだろうかという、自分疑惑はとりわけ致命的な心の鬼となる。

独身の女にとって、この問題は切実だ。彼女は家族や家族の責任によって支えられているわけでもないし、修道女を支える掟やコミュニティをもつわけでもない。彼女は殆どの人が生活と呼ぶ多くのものを、何か他のもの、不確かで、触れることもできない何かのために切り捨てる選択をしたのだ。こんな人間のいつもの伴侶が不安であるのは当然のこと。（91頁）

支えのない、魂が剥き出しの〈荒野〉では、心の鬼はいっそうワイルドに跋扈する。それでも彼女は「地の果て」に世間が侵入することを拒んだ。ネルソンにもそれなりの社交生活はあったが、「まるで思いもかけず家が私を変え始めたとでもいうように」、彼女は本当に会いたいと思う人以外はすべて断った。カクテルパーティを開くような場所と荒野とは両立しない。彼女は我が家を〈荒野〉にオープンにしておいたのだ。この家は「隠れ家ではなく」、他からの侵害に妥協せず、いかなるごまかしもなく、自己決定によって自分の本質を生きよという「厳しい要請」であり、その要請に応えるには野性の領域に在ることが必要であった。

「ぼくが森へ行ったのは、慎重に生きたかったからだ。生活の本質的な事実だけに向き合って、生活が教えてくれることを学び取れないかどうかを付きとめたかったからだ。……ぼくは生活でないものは生きたくなかった。生きるとはそれほどに貴いことだ」(138頁)とソローは『ウォールデン』に書いた。「生活を髄まで削ぎ落とし」たくてネルソンに住みついたサートンは、ソローとあい通じるものがある。だから「この地の果てで、私は大いに生きていることを実感する」と彼女は言う。孤独はいつ寂しさの面を帯びるかわからず、荒野はどのような災難をもたらすかわからないが、「重要なのはここの生活がはじめから挑戦だったということだ」(94頁)。「挑戦」、「冒険」、「最大の覚醒と強烈さで生きる人生」、それこそ彼女が欲したもの、そのために沈黙、孤独、野性を与えてくれるネルソンの家を選んだのだ。サンタフェの「強力な、目に見えない力に晒される」厳しい風景、広大な空間と同質のものを与えてくれる家を。

ソローは二十七歳の頃ウォールデンの森に行って一人で家を建て、二年余り独居し、その後村へ戻ったが、サートンは四十六歳からネルソンに住みつき、十五年間暮らした。著作で生計を立て、コンスタントに花を植え鳥に餌をやり、牧場の管理を手配し、訪問者をもてなし、旱魃時には井戸を掘らせ、田舎暮らしの厳しさに耐え、村のメンバーとしてその土地に根付いた。彼女は〈野性〉のある場所に自らを植えたのである。では「野性」と「植える」ことはどういう関係にあるのかを、次に見てみよう。

四 植える

サートンが買った、放置され荒れ果てていた農場を救ったのは、パーリー・コールという七十過ぎの隣人である。彼はサートンの私有地が女一人の手には負えないことを見て取り、手助けはいるかとたずね、つつましい報酬で徐々に草木を刈り込み、土地を整えて「無視と混乱から美と秩序へと高め」ていく。ついにその地所は十万ドルで売らないかと聞かれるほど立派なものになった。誰もが動力機械を使う中、パーリーはイギリス製の大鎌をまれに見る熟練と優美さで使う。「自己矜持と仕事への愛それ自体のために、辛抱強く、完璧な仕事をするための時間と忍耐とやる気をもっていた」という点で、彼は「詩人に似ていた」。彼が戸外で仕事をしているときは、サートンは中で詩を書き、二人は微妙にシンクロナイズする。彼女はパーリーを「猛々しい」(wild)、「飼いならされない老人」、「極めて自力本願の、生来の一匹狼」と呼び、その飼いならされないところが好きだった。人の住む土地が荒野に戻らないよう、野性を少しばかり後退させるには、人間の方にも荒野に匹敵する野性と、美と秩序を生み出す技が必要なのだ。

荒野の中で、このようにパーリーに外円を譲られ、その内円にサートンは庭を作る。「庭に自分の意志を押し付けることはできない。地勢そのもの、庭がその中に置かれるべき風景がもう課されているから」と考える彼女は、「すでに与えられたものを使い限定する（define）巨匠」である日本人にならって、「荒地を切り開き、境界線――壁、建物、木の並び、一つの茂み――によって限定し枠組みを作り……大まかなデザインを決め」（122頁）、こうして野性の原野を借景にもつ幸福な庭が出現した。「もし誰かに私の考える贅沢はなにかときかれたら、一年中家の中に花があることだと答えるだろう」と言うほどに花を愛したサートンは、その庭に「大いなる情熱」をもって花を植えた。「花や植物は沈黙の存在……話はしないが、その沈黙は変化とともに生きている」。毎日何かが起きる庭は「絶えざる実験」であり「人間と同じ位独創的」（127頁）だ。「私が家の中に住むとしたら家も私の中に住む」と彼女は言うが、彼女が花を作るとしたら花も彼女を作っている。彼女と自然とが互いに定めあい創りあう暮らしだった。

ある日サートンは、家のすぐそばの楓の老木が今にも倒れそうで危険なため、業者に頼んで切り目を入れ引き倒してもらった。そのとき彼女は木の苦闘を見るに耐えず、木と人を同じ生命レベルで感じて、「それは私にとってネルソンを訪れた最初の死だった」と述べる。その頃隣人のヴァイオリニストであり画家である老クィッグが亡くなった。彼女はその死を悼み、「彼はあまりにもここの風景の一部になっていたから、深く根づいた丈夫な木のように」いつまでもいると思いこんでいた。それが突然いなくなって、ぽっかり穴があいたようだと書いている。

死は本質的なものを額で縁取る。……おそらく私たちが悼んだのは一人の全的な人間だった。余りにも多くの才能に散在していた人生の断片が、すべてひとつにまとまって、私たちには彼が全体として見えた。その全体性が何であったか見え始めた――純粋な喜びへの能力、男性には稀にしか見られないやさしさへの能力(capacity)だった。止むことなく創り与えた人……

(136頁)

このクイッグ像は、いのちそのままに生きる樹木草花に極めて近い。詩人であるとは「人生を意志が形作った型にはめようとするより、自分を通して人生が流れていくのを許すこと」、「小鳥や花のように自然に、本質に向かって生きること」(138頁)だという彼女の感覚は、ネルソンの土地に根づいて、木や花を植え、自然と交流する中でより深く培われたといえる。

庭に植物を植えるということは、自らを一つの場所に植えることを意味する。物理的にも心理的にも、放浪していては庭とかかわることはできない。サートンの言葉を借りると、「庭作りは晩年の喜びの一つだ。なぜなら若い人たちは余りに性急で自分のことに没頭していて、たいていは庭を創るほど充分深く根づいていないからだ」(128頁)。中年になって初めて彼女もネルソンの土地に深く根づいた。「私が植えた梅が花を咲かせるまで五年かかった。……私自身ここに植えられてからまもなく十年になる」。しかし彼女は「本当の開花はこれからだ、今までに経験したことすべてはほんの始まりにすぎないという気がする」し、「年とともにますます深く、ネルソンの沈黙の根源にまで」深まるだろうと言う(179頁)。人が五十代半ばを過ぎて初めて本気で死を意識し、限られた時間の中で人生そのものがこれまでになく貴くなり、一瞬一瞬を味わうことが至上命令になる、そういう質の深さである。人が自らを植え、根づくとき、人生は深さへ向かう。

ネルソンに自らを植えて以来、彼女は「野心や世間を脇にどけて」、「新しい沈黙に扉を開き」(181頁)、人生の内在的価値を重んじるようになった。これは沈黙、孤独、野性の中に自己が根づいたということにほかならない。すると彼女は、以前ほど所有欲をもたず、人々をあるがままのその人ゆえに愛するようになったことに気づく。とりわけ「人生の新しい段階に入った」と感じたのは、今までヨーロッパを「昔ながらの乳母」とみなしていたのに、今は自分が「昔ながらの乳母」になって、ヨーロッパの親しい人々をネルソンに呼んで歓待したいと思ったときだ。友人がアメリカの「より野性的な風景」を楽しむのを見るのは、彼女にとって大きな喜びだった。人を迎える家ができ、根ができたからこそ、人を慈しむ「乳母」になることができたのだ。こうして「冒険は、より深くなり、より深いところから来つつ、あらゆる方向へと広がっていく」(182頁)。一所に植えられ根づくとき、世界は却って広くなっていく。その上広大なサンタフェの空気、光、空間は家に象徴され、野性を他所に追い求める必要はもはやない。

五　荒野と家

サートンの言う、自己を「植える」ということは、家族や村の組織の中で人間関係や制度に寄りかかることでもなければ、体制のぬるま湯の中につかる、癒着するということでもない。それは、自己が植えられた場所、土地、人間関係、生態系と、個人として深くかかわること、自己と周囲に対し責任を取ることを意味する。まして彼女が選んだネルソンは、世間一般が生活と呼ぶ多くのものを削ぎ落とし、「強力な、目に見えない力に晒される」広大な空間を——「沈黙」、「孤独」、「野性」を本質とする世界である。過酷な気候、田舎暮らしの苦労、村人の偏狭さに加え、保証のない未来、目を背けたいような醜悪な自己の内面に、一人で直面するのだ。その中で詩作し、生計を立て、家事雑事をこなし、独居の生活を続けていくのは生易しいことではない。このような厳しい〈荒野〉へと開かれた場所に根づくためには、住人を確実に守る住家が是非とも必要である。その役目を果たしたのがネルソンの彼女の家だ。

　この家を見たときの彼女の第一印象は「古典的な形の優美と光」である。家を買う動機となった両親の家具を運んだとき、「もともとここにあったかのように」ぴたりと収まり、それは望みどおり美しい住家となった。また彼女は世界の様々な所から縁あってやってきた装飾品を置いた。

その中には中国の青い皿やインドの絵画、日本の北斎と広重の版画もあり、「この家の中では私の過去全体が……統合され、一つの全体性として機能し」、「ヨーロッパのバックグラウンドも、私の彷徨と旅も、アメリカ人としての様々な暮らしも……ここではすべてくつろいで（at home）」いる（184頁）。これまでの彼女の人生が手応えのある明確な美となってここに結晶し、彼女を守り支える。絵や音楽に対する愛、自然から受ける喜び、詩作の苦悩と至福が彼女の暮らしを満たす。クラシック音楽を理解する村人が殆どいないことに気づいたとき、彼女はヨーロッパの卓越した芸術家たちとの親交を思い出し、「これほどの光輝と信念の多数の人々に囲まれているおかげで、私は寂しさに免疫だったのだ」と悟る。このように有形無形の豊かな支えを彼女の家は象徴している。

それと同時にこの家は無限空間へと開いている。例えば壁にかかった浮世絵の北斎は富士山と海と漁夫、広重は橋の上の花火と船を描いたもので、いずれも海や水と関係がある。海の好きな彼女は「部屋に海の響きを持たせたかった」と言い、キチンの床がわずかに傾いているため「家は船のような感じがした」と言う。「この船はどこへ行くのかわからないが、内部と外部の両方へ向かうことはわかっている」（50頁）とも書いている。ネルソンに家を持ち、根づくこと、それ自体が航海であり冒険であることを、彼女は知っていた。航海、冒険は〈荒野〉の一つの属性である。改築するときに彼女が家に取りこもうとしたサンタフェの、「強力な、目に見えない力に晒される」風景は、〈荒野〉のメタファーだったのだ。

荒野とは単に無人の原野を意味するのではない。人が自分の意志を押し付け支配管理することができない場所、人が耳を澄ませる場所である。見えないもの、聞こえないものを待つところであり、予期せぬこと、不意打ち、思わぬ展開、冒険の起こる領域である。この荒野を開拓し征服するのではなく、荒野を横断し旅行するのでもなく、彼女はそこに住みついたのだ。住みつくことでそこが轍《わだち》にならないように、ソローの言葉を借りると「踏み固められた道」にならないように、借景が常に荒野であるように住まうことを志した。「我が家」が「〈荒野〉の家」であることを彼女は望んだのである。多くの読者を惹きつけたのはこの厳しさと広やかさであった。

『夢見つつ深く植えよ』に見るサートンの世界は、一枚のタペストリを思わせる。美しい小さな家を中心に色彩豊かな花の庭が織り込まれている。その周りに手入れの行き届いた農場、草原と木立ち、静かな村、その外部は荒野。それは「野性的な自然とヨーロッパから持ちこんだものの結婚」を表す彼女の創作、祝福されたタペストリであるといえよう。

〔文献〕
1 Sarton, M. *Plant Dreaming Deep* New York, W. W. Norton & Company, 1996
2 Sarton, M. *Journal of a Solitude* New York, W. W. Norton & Company, 1992
3 Thoreau, H. D. *Walden* Princeton, Princeton University Press, 1973

〈個人〉の家
——ソローとサートン

はじめに

メイ・サートンの『夢見つつ深く植えよ』や『独り居の日記』を読むと、時々ふとソローの『ウォルデン』が頭に浮かんでくる。二人の共通点は確かに多い。彼らは生涯独身を通し、独り住まいの家を建て、一人在ることを選択した。二人ともニューイングランドの自然をこよなく愛し、自然と親しく交わり、著述を主な仕事とした。どちらも既成の思想、宗教に捕われず、型破りな生き方をし、高度に宗教的な資質をもっていた。実際、ジョージ・ベイリンも、サートンを「現代のソロー」と呼んでいるほどだ。二人の作品を読んでいると、ネルソンにあるサートンの家と、ウォルデンの森に建てたソローの家が、おのずと読者の心に浮かんでくる。もちろん、時代も人生も性格も違うこの二人の家は、似ているといっても相当に異なっている。では両者の共通点と違いは何か。なぜ彼らの家は現代の人々の心を惹きつけるのか。彼らの家から私たちは何を学ぶことができるのだろうか。

一　簡素な家

H・D・ソロー（一八一七年～一八六二年）は一八四五年、二十七歳のとき、ニューイングランドの村コンコードからウォルデンの森に行って、独力で小さな家を建て、二年二ヶ月を一人で暮らし、その経験をもとに『ウォルデン』を書いた。ソローによれば、世の人々は家屋、農地、家畜の奴隷となり、労役に忙殺され、本当に十全な生き方とは無縁な生活をしているが、彼はそうした余分と邪魔を手放し、生活に真になくてはならぬものを、人間生存の本質的法則を見出すために、一つの実験として森に行ったという。

僕が森へ行ったのは、慎重に生きたかったからだ。生活の本質的な事実だけに向き合って、生活が教えてくれる事を学びとれないかどうかを突きとめたかったからだ。……僕は生活でないものは生きたくなかった。生きるとはそれほどに貴いことだ。僕は深々と生きて生活の精髄をしゃぶり尽くし……生活でないものはすべて追い散らし……生活を片隅に追い込んで、ぎりぎ

りの条件にまで切り詰め……。簡素、簡素、簡素だ。（90—91頁）

彼が建てたのは簡素そのものといえる家だった。間口十フィート、奥行き十五フィートのワンルーム、家具はベッド、テーブル、机、三脚の椅子のみ。「家具付きの家を持つくらいなら野外に座っているほうがいい」（36頁）、「荷物が多ければ多いほど貧しい」（66頁）という主義であったので、その家は必要最小限をそのまま家屋化したものとなった。

何しろ、鉄道線路工事の道具をしまう大きな箱を見かけて、「こういう箱を家として各人がもてば、無駄に時間を取られず、誰しも自由な人生を送れるのではないか」と思ったソローだから、家も箱的発想であり、とにかく余分のものがないことを理想とした。家具のみならず、カーテンや玄関マットまで、戸外との境界となるものをできるだけ追放した彼にとっては、世界と自分の間にバリアがなければないほど、広い野外に晒されていればいるほど好ましかった。人の家は亀の甲羅、貝の殻、鳥の巣のように、内部が必然性をもって外側へと現れた形であるべきだと彼は主張する。ソローの家はいわば彼個人の生物的殻であり、彼はそれを自分一人で作る技術と体力をもっていた。

一方メイ・サートン（一九一二年〜一九九五年）は、四歳のとき両親とベルギーからアメリカに移住し、十七歳で親元を離れて自分一人の生活を始めた。著作、詩の朗読、講演をしながら欧米を移動、やがて母に死なれ、ついで四十六歳のとき父が急死して、一人っ子だった彼女は天涯孤独の境遇となった。母がプロとして製作した美しい家具を手放すにしのびず、彼女はその置き場所を求めて家を探し、両親の家を売ってニューハンプシャー州の僻地ネルソンに古い家を購入、そこを改築して住まうことになる。身よりのない中年シングルの彼女は、「四十代の女性には間違った人や間違った家と結婚するゆとりなどない」（24頁）と自覚していて、不安におののきつつも、十八世紀に建てられたその家の静かで優雅な佇まいに惹きつけられて、その場で決断したのだ。

改築に当たり、彼女は壁を白に、床をマスタードイエローに、キャビネットをブルーにし、ニューメキシコのサンタフェで経験した広大な「空気、光、空間」の雰囲気を、家に取り入れようとした。家や建築のことに全く無知であったにもかかわらず、様々の人の好意と幸運に恵まれて、それは簡素で美しい家となった。「寂しくないかって？　とんでもない。家が一緒だから」（59頁）と書いているとおり、家は彼女にとって共に暮らすことを選んだ「結婚相手」である。両親の家具を置き、思い出の品々と花を飾った人生で初めての「我が家」は、独居を貫く彼女個人の場所であるとともに、人々の愛情や過去と未来の交差点、すなわち他者と親交を結ぶ場の要素ももっていた。このように、世の喧騒から遮断され、野性的な自然の中に建てられた、一人住まいの小さな家というイメージは似ているが、家を身にまとう二人のやり方にはかなり違いがあった。

二　自然

家の周囲を見てみよう。二人とも「この家のいいところは人里離れたところだ」と言っているように、彼らの家は非常に野性的な自然の中にある。ソローの家はウォルデンの森の中にあって、「いかなる隣人からも一マイル離れて」おり、人工の物は何一つ見えない。森には様々な野生動物が棲み、また透明に澄み切ったウォルデン湖がすぐ近くにあった。サートンの家は三六エーカー（四万坪余り）の土地付きだったので、彼女は誰に邪魔されることもなく私有の自然を楽しむことができた。それにネルソンは教会と廃校と一握りの家があるだけの辺鄙な村である。彼女はその土地を「地の果て」と呼び、厳しい気候にたじろぎつつも、その静けさと広さを嘆賞した。ただし、二人とも周囲の自然は本格的な荒野（wilderness）ではない。ソローの家はコンコードの村からほんの一マイル半、ぶらりと歩いて村に行ける所で、当時珍しかった鉄道さえ近くを通っていた。またネルソンも僻地とはいっても、ボストンから車で二時間の距離である。二人が親しんだ近隣の自然は、ふんだんに野性味が残っているとはいえ、人と自然が共存しうるニューイングランド的自然であった。

ソローはもともと自然に親しむ傾向が際立って強く、自然の方でも彼に親しんだようだ。野生の小鳥が彼の肩にふと止まって行ったとか、リスが彼の靴を踏んづけて通ったなどというエピソードもある。エコロジーの祖ともいうべき彼は、自然の声に耳を澄まし、生きる根本法則をそこから学び同朋に伝えるという姿勢があった。「僕ら自身が『自然』同様単純で健やかになろう」（78頁）と書いているし、『ウォルデン』の大きな魅力の一つは、何といっても繊細かつ雄大にして、迫力溢れる自然描写にある。

滴り落ちる雨だれの音や、家の周りのあらゆる音や光景など、「自然」がこれほどやさしくありがたい仲間であり、僕のいのちを支える大気のように、言葉に尽くせない、限りない友情を与えてくれることを、突然感じ取った。小さな松の針葉が一本残らず共感して脹らみ、僕の友達になってくれた。僕らが野蛮な荒地（wild and dreary）と呼んでいる風景にも、僕と血の繋がりのあるものが宿っている……僕に馴染めない場所はありえないと僕は思った。（132頁）

こういう文章を読むと、実際ソローの家は自然界そのものではなかったかと思えてくる。「庭などないのだ。囲いのない『自然』がこちらの敷居まで続いている。窓のすぐそばで若い木々が成長する」（128頁）という文は、彼があるがままの自然を棲家としていたことをほのめかす。自然に親しみながら、同時に彼は自然の測りがたさを、人の支配の及ばない野性を賞賛した。

サートンもまた自然を非常に愛する人であった。父は歴史学者、母は絵や家具をデザインする芸術家で、きわめて学術的な家庭に育ったわけだが、サートンは講演してアメリカを回るうちに、様々の土地の広大な自然に魅了された。ネルソンに家を建てて棲みつくと、母譲りの情熱で庭の花作りに熱中し、花々をこよなく愛した。小鳥の餌場には餌を絶やさず、訪れる鳥たちを大きな楽しみとし、広々とした風光、彼女の言葉によれば「青と金色に輝く世界」（53頁）の、樹木や牧場や空に見とれた。ヨーロッパの馴化された自然とは趣きを異にする、アメリカの土地に特有の野性味に、彼女は抗いがたく心を惹かれた。庭を造るときも、「ニューハンプシャー州全体を巨大な日本の石庭として、野性味とさりげなさを保存しよう」（121頁）とし、「この庭の最も喜ばしい所は周りが荒野だということだ。広大な自然の中に秩序ある小世界があるということだ」（123頁）と述べている。ソローもサートンも自然を身近な友としてなじんだが、同時にその自然の広大さに――手なずけられない、野性的な要素に深く惹きつけられていたのである。

三　一人暮し

このように自然に囲まれて一人で暮らす彼らは、孤独ではなかったのだろうか。「僕は一人が大好きだ。太陽も一人、神も一人……ウォルデン湖、タンポポ、蜂、星、風が寂しくないのと同じように、僕は寂しくない」(135―136頁)と、高らかにソローは言った。といっても彼は世捨て人とか隠遁者だったわけではない。兄が若くして破傷風で亡くなったときは、悲嘆の余り自分も衰弱するほどに、家族に対する彼の愛情は濃やかだった。父親の鉛筆製造業を目覚しい技術改良で助け、父亡き後は仕事を引き継いで、家族メンバーとして立派に役を果たしている。また社会に大きな関心を懐いていたことは、奴隷制度を擁する政府に税金を払うのを拒み、自ら進んで牢獄に入った経験から生まれた著書、『市民としての反抗』に明白である。彼は一つの職業に縛られないという意味で些か周辺的(マージナル)ではあるが、教師、雑誌編集者、講演者、作家、鉛筆製造業者、測量技師として、コンコードの村という共同体の中に、確固とした自分の場所をもっていた。

ソローがコンコードに愛着をもっていたことはよく知られている。他所に行ってもなじめず、結局故郷の村に戻るのが常だった。自然を愛し、西へ向かう「散歩」(sauntering)と旅を語り、人生の無数の軌道と無限の可能性を歌ったソローの人生は、しっかりとコンコードに根づいていた。だからこそ、過激なまでにきっぱりと身一つで森に出向き、一人で暮らす必要があったのだ。

僕らは日常のごくさりげない散歩のときにも、無意識にではあるが……周知の灯台や岬をたよりに舵を取る……。完全に迷子になってようやく「自然」の広大さと不思議さがつくづくわかるようになる。僕らは迷ってからでないと、つまり世界を失ってからでないと、自分自身が見えてこないし、自分の居場所も、自分と係わる世界の無限の広がりも皆目わからないのだ。（171頁）

本来の自分自身と、本来の自分の居場所を知るために、彼は人のいない森に行って実験をした。共同体の画一的な価値観に侵犯されない、更地に身を置き、可能な限り自己と自然だけから家を作った。そこで執筆を続け、畑で豆を育て、一年に六週間ほど働けば食べていけることを実証した。こうして過去の伝統や共同体の固定観念を超えた自己の拠点を探求し、その本質を貫くことができると確信して村に帰ったのである。

ソローと異なり、ベルギーで生まれアメリカに亡命したサートンは、故郷も家族も家ももたなかった。文化的心理的に祖国をもたず、一つの地域に住みつかず、女性であることが真の芸術家になる妨げとなった時代に女性であり、しかも独身というマイノリティ、身寄りのない境涯、その上同性愛的傾向があり、あらゆる意味でアウトサイダー、外れ者である。だから家をもつこと、定住すること、根づくこと自体、全く初めての経験であり、年齢を思えば「途方もない考え」だったが、彼女は敢然と「結婚にも比べられる根源的な変化」（24頁）に、「冒険」に乗り出した。家はかくまってくれる「隠れ家」ではなく、「厳しい要請」（93頁）だった。だから彼女は家を船と感じ、一所に根を下ろす生活を行く先のわからぬ航海に喩えた。

彼女が一人暮しを選んだのは、孤独が「わが領土」であり「私の仕事」(56頁)だからである。孤独は平穏気楽な生活とは程遠い。「強烈な沈黙がわずかの軋みや囁きを拡大する」(60頁)ように、孤独は「人を動物のように鋭敏にし」、極度に醒めた、自己を開放した状態にする。それは詩人に不可欠の、詩が湧き出してくる意識状態であるが、同時に不安と動揺の風土でもある。この危うい状態を支えるフレームとして彼女の家はあった。日課と義務が自由を自由たらしめるるように、家の「明晰さと構造」や「秩序と美」が創造性を持続させるのだ。しかし一人といっても、彼女の友人知己は欧米に散在していた。子供時代に世話になったヨーロッパの人々や、母を看取ってくれた女性ジュディなどは、ほとんど家族のように交流を続けていたし、読者からの手紙も訪問者も多かった。ソローよりほぼ百年後に生まれたサートンは、ネルソンに根づきながらも、そのネットワークはコンコードのように村落共同体の生活圏ではなく、世界に広がっていたのである。

四　野性と個人

『ウォルデン』はなぜ読む人を突き動かす力があるのか。『夢見つつ深く植えよ』はなぜ読者の心を惹きつけるのか。二人の家がそれに答えてくれる。彼らの家は、ソローの言葉を借りると「実験、冒険、危機、発見」、サートンによれば「内面に向かう人生冒険、成長、変化、挑戦」の場だった。まさしく生きるとは内面的冒険であり、絶えざる成長ではないだろうか。型にはめられた人生、固定化し停滞した生活を誰が望むだろう。それなのに、多くの人は生活するうちに型にはまる。旅立つ気力を失う。それは自分のいのちの本質、本来の自己の、〈個人〉の場所としての〈家〉がないからだ。地位、名声、金銭、理想の家族像など、偽りの家を維持するに汲々として、エネルギーを使い果たしてしまうからだ。冒険の人生を送るためには安全確実な場所が要る。変化の只中に存在するためには不変の一点が要る。逆説的に聞こえるが、冒険、航海、成長のためには自分の〈家〉が、本質的に一定した、確固たる自分の時空間軸が必要なのだ。

ソローもサートンも、きわめて明確にそれを作り上げた。その家は、彼らが本当にやりたいことをし、天職を追求して生きる場所であった。そのような家を〈個人〉の家と呼ぶことができよう。アリエスは『〈子供〉の誕生』の中で、中世の共同体では個人の生活が仕事で占められ、家族は重視されないが、十六世紀頃から子供の登場とともに家族意識が発生したと述べている。家族内の情愛が理想化されるにつれ、家族は次第に社会に対して閉鎖的になり、結局「近代に勝利を収めたのは個人主義ではなく家族主義」だという。しかし二十世紀も末になると、この家族偏重主義の破綻は明白になってきた。高度のテクノロジーが発達し、テレビも電話も一家に一台ではなく一人一人がもつようになった時代は、インターネット等で個人が世界の情報網に直にアクセスできる時代である。情報伝達技術の革新は、「家」を開き無防備な裸にし、個々人を世界に直結させた。様々の問題を起こしつつ近代家族が変容し、新しい個人の〈家〉が求められるようになったとき、ソローとサートンの家は参照点を提供したのだ。

彼らが野性味のある自然と常に身近に接していたことは、それと大きな関係がある。例えばソローがすべての余計なものを捨て、「壁を剥き出しに、生活を赤裸々に」しようとしたのは、自然に晒され自分の「人生の本質」、「生活の髄」のみを生きるためだ。サートンもまた「生活をその髄まで故意に削ぎ落とそうと」(87頁)した。彼女が部屋に飾っていた、海と漁夫を描く北斎の浮世絵には、「彼(漁夫)の周囲のあの空《くう》の何という壮大さ、かくも空にしていのちに満ち(what grandeur in that emptiness around him, so empty, so alive)」(46頁)と書きこみがしてあった。「空《くう》」とは、広大な自然であり、同時に個人に限りない成長を可能にする無限の背景だ。彼らにとって野性的な自然は、家族・共同体・制度に囲い込まれてしまうことなく、人が〈個人〉であるための、バックグラウンドを意味していた。

野性の自然を、ソローは人間に管理されない「広い余白」、サートンは「世界の果て」と呼び、彼らはそこにわが家を——〈個人〉の家を作った。「だから私がここで働いているときに起こることは、私と神の間に起こる」(91頁)とサートンは書く。神の前に「私」が裸で晒されるということは、神の恩寵を表現すること、自分が本当になすべきことは、誰にも頼れず何のせいにもできない、どこまでもすべて自己の責任だということである。それは生易しいことではないが、それがあくまで〈個人〉であり、彼ら自身であるという意味だ。勿論人は単独では生きられない。互いに助け合い、依存しあう関係にある。しかしそれでいてなお一人一人が個人としての生を貫徹できることを、ソローとサートンは実証した。ソローの最期は清澄で安らかであり、また一滴残らず人生を燃焼し尽くしたいと切望したサートンも、希望どおり最後まで意識明晰、穏やかな死だったという。個人として喜びも苦しみも強烈に味わい、感謝に満ちて「野性」に生きた二人であった。

おわりに

西洋の教育思想が日本に導入され、村共同体の伝統に理念が取って代わり、次第に地域ではなく母親個人が子育ての責任者とされていくとき、親は子供が悪しき秘密を持たない「透明な家庭」を理想とした。やがて父親は企業に、母親は家庭に囲い込まれ、子供は母親と学校に囲い込まれ、息もつけない子供は「透明なボク」と言い、「私の居場所はどこにあるの」と呟く。どの家族メンバーも何かに囲われて、自分の本当の居場所がない。つまり〈個人〉として生きていない。

家族という観念が枠となって個人を圧死させることのない家、家族を形成しても個人でいられる家は可能か。それはどんな家族関係か、そんな家が可能な社会システムは何か。そういう問題が模索される今、ソローとサートンの家が一つの参考になる。文字どおりの荒野でなくてよい、何らかの形の野性に触れよ、とその家は囁く。野性とは挑戦する自由の謂いであると。それとともに、共同体に根づき、広いネットワークを持ち、かつ十全な〈個人〉であるような在り方が、今後試行錯誤を経て見出されるにちがいない。

〔文献〕

1 Sarton, M. *Plant Dreaming Deep*, New York, W.W. Norton & Company, 1996

2 Sarton, M. *Journal of a Solitude*, New York, W.W. Norton & Company, 1992

3 Thoreau, H. D. *Walden*, Princeton, Princeton Univ. Press, 1973

4 アリエス、P『〈子供〉の誕生』杉山光信・恵美子訳、東京、みすず書房、1984

ヘミングウェイの戦争と恋

はじめに

ヘミングウェイ（一八九九年—一九六一年）といえば二十世紀前半の超有名人、釣と狩猟の名手、男らしさを謳歌するハードボイルドの世界を描いた作家であり、フェミニズムやエコロジーが叫ばれる現代では時代遅れと思われるかもしれない。しかし二十世紀のアメリカの特徴を最もよく表している作家の一人である彼から、今学べることは意外に大きい。二つの大戦を経験した彼は、生涯戦争とは切っても切れない縁があったが、それ以上に元来競うことや戦うことが好きだった。代表的な作品だけでなく彼の殆どの著作には、戦争、喧嘩、拳闘、闘牛、釣と狩猟（自然との戦い、あるいはライバルとの競争）など、何らかの戦いが描かれている。また彼は何度か猛烈な恋をして、四回結婚している。「巨木が倒れるように恋をした」と言われ、世慣れた二度目の妻は「恋をするのはかまわないけど、そのたびにいちいち結婚しなくてもいいのに」とこぼしたという。ある意味では非常に正直でまじめな人だったのだ。このように彼の人生は戦争と恋で満ちていた。彼の代表的な二作、『武器よさらば』と『誰がために鐘は鳴る』に、彼の戦争と恋の意味を探ってみよう。

一　単独講和と恋

『武器よさらば』は反戦的な小説で、戦争の悲惨さと愚劣さが実にリアルに伝わる傑作といえる。第二次大戦のイタリアで、主人公のアメリカ青年フレデリックは、戦友が爆弾で瞬時にちぎれた肉塊と化し、あるいは腐敗した死体の散乱する戦場を体験して、戦争で「神聖なものなど何も見たことはなく、栄光ありとされるものに栄光など皆無、犠牲とはシカゴの屠殺場のようなもので、ただ肉を埋めるという違いがあるだけだ」と、大義名分の欺瞞を引き剥がした。戦略の誤謬、混乱、卑劣な行為、無意味な死に渦巻く退却のさなか、フレデリックはスパイの嫌疑をかけられ、銃殺される寸前に川に飛びこみ脱走する。きっぱりと戦争を否定した彼は、戦う「義務などもはやない」、「怒りは一切の義務とともに川の中で洗い流された」と感じる。雨に濡れ寒さと空腹に震えながら逃走するとき、彼にとって信じられるのは「食べて、飲んで、愛する人に会いたい」という、個人的なぎりぎりの欲求だけだ。「義務」に従順であればただ殺されるだけという状況では、罠から逃れる動物のように、本能的な感覚に戻るのは当然だった。

恋人キャサリンと再会した彼は、「もう一人ぼっちではなく、ほかのことはすべて非現実的に思える」ほどの恋の喜びに酔う。脱走の罪を咎められて急遽嵐の中を安全なスイスに逃亡すると、ゆっくりと二人だけの甘美な愛の世界に浸ることができた。しかし同時に、「まるで学校をサボって遊んでいる子供が、学校では今何をしているのだろうかと考えるときのような感じ」に付きまとわれる。いかに戦争が愚劣であろうとも、恋以外のことが非現実であるのではなく、現実世界では戦争が続いている。その現実からの逃避の上に二人の世界が建てられているかぎり、恋そのものが脱走の罪悪感に似た虚ろさと表裏一体にならざるをえないのだ。キャサリンは「私には何も宗教がない……あなたが私の宗教なの。あなたは私のもっているすべてなの」と言い、フレデリックは「以前は僕の生活はあらゆることでいっぱいだった。でも今は君が一緒にいてくれないと全然何もないんだ」と言う。虚空の中で、たった二人きりで自らを支える彼らの危うさ。二人が愛し合い一体となればなるほど、その恋の世界の脆さと虚しさが見えてくる。

不吉な予感は的中し、キャサリンは出産のとき出血多量で赤ん坊ともども死んでしまう。戦争から逃走し、義務を捨て社会を捨て、すべてを投げて恋の世界を作り上げ、あげくに恋人を失った彼にはもう何もない。ただ救いのない虚無の中に取り残されるばかりである。脱走という「単独講和（a separate peace）」はついに無効だった。他から切り離された（separate）状態では、一人であろうと二人であろうと人は孤独である。キャサリンの死はそのことをはっきりと明示するべく、作中ですでに予想されていたのだ。単独講和とは世界から自分だけを切り離した、分離個人主義の謂いである。ヘミングウェイ自身、支配的な厳しい母親に反撥し、親と分離したのが十七歳、イタリアで戦争に参加、記者としてパリ、その後スペイン、アフリカとダイナミックに世界を飛びまわり、どこの土地とも有機的なつながりをもたなかった。故郷に戻らないばかりか、作品中でも故郷の町には一行も触れなかった。どこにも縛られず、すべてから自由な個人として、アフリカの風を満喫しながら「自分の人生を好きなところで好きなように送る」と高言した。こうして最大限に個人主義的な生の充足を追求した結果、他から分離して自分一人の「個」のために生きることの本質的な虚しさを、彼は痛感したのだ。「〜からの自由」から「〜への自由」に転ずる機は熟していた。

二　勇者と恋

『武器よさらば』から十年後に『誰がために鐘は鳴る』が出版されると、たちまち驚くばかりの売れ行きを示した。この作品はアメリカの青年ロバート・ジョーダンがスペイン内戦に参加し、激しい恋をして、勇敢な死を遂げるという、かっこいいヒーローの物語である。前作で作者は戦争を否定したはずなのに、一体なぜこの主人公は自ら志願して戦争に赴いたのか。当時アメリカでは、スペインの共和政府を助けてファシストと戦うことは正当で有意義とされ、ヘミングウェイもスペインの人民と自由のため多大の資金を集めたばかりか、戦地にも足を運んで力を尽くした。しかしこの小説が出版されたときはすでに共和政府の敗北は明白にわかっていた。その上、ロバートの橋梁爆破の任務は成功するが、彼がその一部として任務を引きうけた大掛かりな作戦自体は失敗に終わり、しかも逃走時に彼は砲弾に当たって死ぬという、何とも暗澹たるストーリーなのに、小説は爆発的に売れた。それは作品に幾重にも与えられている不確実、不安、恐怖、死、失敗という極度にマイナスの状況にもかかわらず、ロバートが毅然として義務を果たし、最期までひるむことなく勇敢で冷静に行動する、硬質の爽やかさと明るさが読者を魅了したからである。いや、障害が大きければ大きいほど、読者の目に彼の勇気は輝いて見えるのである。

ではロバートの勇気と平静さはどこから来るのか。任務を引き受けたときからその難しさに気づいていた彼は、当然不安を感じていた。しかし「作戦を考えるのは自分ではない。自分はこの任務を成し遂げればいいのだ」と自分に言い聞かせ、着々と遂行していく。この小説には「義務」、「任務」、「命令」、「大義」、「……ねばならぬ」という言葉が頻出するばかりか、ロバートはスペイン人に「死ぬことが怖いか」と聞かれて、「死ぬのは怖くない。義務を果たさないことが怖い」と答えるのである。彼の見事な沈着ぶりはその「義務」によって支えられている。『武器よさらば』の戦争と違ってこの戦いには意義があり、義務は正当だという一点によって保たれている。しかし一介のスペイン語教師でありプロの軍人でもないアメリカ人が、スペイン内戦に命をかけるのは唐突といえるのではないか。またこの任務は本当に彼の命をかけるに値するのか。彼の言う「義務」にその必然性はあるのか。こういう疑問を感じる隙を与えないのは、作品の描くたった三日間の戦いと恋と死の緊迫、集中、密度のためである。五百ページもあるこの大作を、ヘミングウェイは一気に書き上げたというが、読む方も一気に読み進み、あっという間にヒロイックな死の結末を迎えてしまう。ということは、集中度を保つよう三日間に限定するため、当然主人公の死は必要不可欠であり、彼が生き延びれば作品の構成が成り立たないのだ。

ロバートの祖父は南北戦争のとき非常に優れた兵士であり、彼の心の手本となったが、反対に父は妻の尻に敷かれる弱い男で、皮肉にも祖父の形見のピストルで自殺し、「男の恥」としてロバートに深い傷跡を残した。これはヘミングウェイの伝記的事実とほぼ一致している。何としても父のように「臆病者」に堕してはならない。祖父のように「勇者」にならねばならない。最終的な勇者の証明は、死を前にして平静であることだ。意識下でそう決意したロバートに、大義のため人民とともに戦うスペイン内戦は、格好の舞台を提供してくれた。義務が正当性を保証してくれ、己の「個」を投入でき、人々と一体になれる戦争で、勇敢な死を遂げること、これ以上の勇者の証明はない。こうしてヘミングウェイにとって勇敢な死が最大の関心事となり、その機会である戦闘や危険を彼は生涯求め続けた。分離した「個」の虚しさから誰しも脱却したいし、自己にとって真に大切なもののために献身したい気持ちは誰にも潜んでいる。だからといって死に急ぐ必要はない。しかしこの作品においてヘミングウェイは、「個」の孤独と凋落の恐怖を、義務という形の死で自ら断ち切り防ごうとした。

『誰がために鐘は鳴る』の恋は、はじめから死によって引き裂かれ、悲恋として完成する運命だったことがわかる。『武器よさらば』では、キャサリンが死んで主人公が虚無の中に取り残されたが、この小説では逆に恋人マリアを逃がし、主人公が立派な死を遂げる。二人の恋の過剰な純粋さ、激しさと、マリアが余りにも男に従順な人形のような女性である点は、よく批評家から指摘されているが、もともと重要なのは恋ではなく、ヒーローの勇敢な死であったのだ。確かにロバートはマリアを心から愛しているし、二人は類まれな幸福の瞬間を経験するが、二人が語り合うのを聞くと、マリアが彼に従い彼の身の回りの世話をする話ばかりで、二人でともに生きていくという内容は全く出てこない。あからさまに言えば、彼女を連れて人生で楽しい思いをしたい、美人で魅力的な彼女を傍らにおいて（二人の人生ではなく）自分の人生を楽しみたいというのがロバートの本音であるように思える。読者をぐんぐん引き込むこの悲恋は、実は彼の勇敢な死を飾る、世にも美しい花にすぎないのだ。

三　戦争と恋と個人主義

勇者、強者、勝者が栄誉を受けるパワー信仰の二十世紀のアメリカで、酒と喧嘩に強く、スポーツが得意、ノーベル賞まで受賞した成功者ヘミングウェイは、非常に人気があった。彼がその作品の中で戦いを描き続けたように、二十世紀は二つの世界大戦をはじめ幾多の戦争に満ちていた。戦争と恋には共通点がある。戦争には闘いと死のヴァイオレンス、恋にはセックスという、自我を根底から震撼させる要素がある。それは、場合によっては自我の枠を打ち破り、人を成長させる契機にもなり、あるいは人を破滅させる原因にもなる。戦争は、死を前にしてともに闘うという連帯感と、家族や祖国への愛を顕在化させる。烈しい恋は、自分の「個」を超えるような一体感、自己放下をもたらすことがある。同時にどちらも相手を意のままに支配する権力欲を呼び起こす、強烈な刺激にもなる。あらゆる既成の束縛から自らを解放したあとで、個人が「個」の存在の虚しさに直面するとき、そこから注意をそらしてくれる戦争と恋に身を投じるのは理解できないことではない。しかし、戦争も恋も決してその解決にならないことは明白だ。戦争は敵を前提とするが、多くの場合、敵とは自分のシャドウの投影であるか、相互の関係が統合できず分断されて起きる現象で、しかも戦争を望まない者、女性、子供、非戦闘員が悲惨にも数多く殺される。戦争が分離個人主義の虚無を解消することは、決してありえない。

では恋についてはどうか。恋愛が近代西洋でここまで持ち上げられたことには歴史的必然性があるといわれている。中世騎士道において、騎士が貴婦人にすべてを捧げて相手と結ばれたいと欲しつつ、肉体関係をもたない、というコンセプトが尊重された。しかし近代化とともに神が後退すると、不可能となった神との合一に代わって、恋する異性と合一し、二人が永遠に結ばれるという、ロマンティック・ラヴが神聖視されるようになった。こうして宗教的経験と恋愛感情が混同された、恋愛イデオロギーが広まったのである。だが、いかに恋する相手とはいえ、生身の人間に神の役目ができるはずがないから、恋はその本質上永続しない。持続するとすれば、そのとき恋はより広い愛情へと変質する。したがって恋は、永遠を求める魂の希求である宗教の代わりにはなりえない。それどころか、人々が恋愛至上主義で結婚するはずの欧米で、今ドメスティック・ヴァイオレンスが大きな問題になっている。現在、カップル単位、核家族の社会では、個人や家族関係の問題解決を援助する受け皿がないため、問題や不都合を強者が弱者に（つまり男が女に、親が子に）投影、転化して暴力を振るう。感情や個人という不安定なものを基盤にして、「個」を受け入れる安定した永続的な容器を作ることはできないのである。

西洋と日本の間で個人主義の問題を探求する河合隼雄氏は、「個人主義の『個人』をどう考えるか、は世界の問題であると思う。個人の能力や欲望を伸ばすことを第一に大切なことと考える。

それはいいとして、そのためには少なくとも二つの点に対する考慮が必要である。それは、他人との関係をどう考えるか、という点と、自分の死をどのように受けとめるか、という点である」（河合）と述べている。ヘミングウェイは他者との関係も死も、勇者という視点のみから見つめ、余りにも偏った世界を作り上げた。西洋の英雄神話は「英雄の誕生」「怪物（竜）退治」「女性（宝物）の獲得」から成り立つが、ノイマンによればそれは西洋的自我の確立の過程を表している。ところが、例えば『誰がために鐘は鳴る』のヒーローは、由来なくスペインに現れ、橋梁は爆破するものの砲弾に倒れ、マリアを逃亡させて一人死ぬ。つまり英雄の誕生、怪物退治、女性獲得の三つのいずれにも適合しないのである。これは単に作品やヘミングウェイ個人のことだけでなく、近代西洋的自我の終焉、といって悪ければその変革を示しているのではないか。

生前のヘミングウェイは競争と戦闘好きのマッチョだったように思われていたが、実はたいへん繊細で傷つきやすい人でもあった。特に遺作の一つ『エデンの園』が出版されてから、彼の内なる女性性やセクシュアリティの越境が注目されるようになっている。男の定義が強さと力であった当時は、彼の内部でそういう要素は抑圧されていたのである。このような自己内部での分断と、他者との分離とは根を同じくするものである。分離個人主義で生きようとするかぎり、「個」の不安と虚しさを免れることはできず、多くの戦争と恋に見られる暴力と逃避を招く。勿論戦いや恋がすべて悪いというのではない。スポーツや武術に見られる戦い――他と競うことにより自他を磨き、己と戦うことにより自己を高める類いの戦いに、全力で打ちこむことはすばらしい。しかし戦争はそれとは全く別物であり、ただ自他を破壊するだけだ。また恋をして最も濃密で厳しい人間関係を体験し、さらに成長していくことは重要である。ただ戦いも恋もプロセスであってゴールではない。だがヘミングウェイはそれを自己のヴァニッシング・ポイント（消失点）にしてしまい、強さの個人主義の誤りを、身をもって教えてくれたのである。

おわりに

西洋個人主義と恋愛イデオロギーは、二十世紀に世界に広がったが、「個」の確立やカップルの成立は決して最終目標ではない。そもそも「個」とは何か、そして例外なく死ぬ「個」を支える根本のものは何かを問うべきである。現在西洋でも、個体がつながりあう全体の調和に目を向ける、共生の思想が静かな勢いを得ている。日本では、「人間は自分の力だけで生きているのではない、生かされているのだ」という、アニミスティックなコスモロジーや、他力系、非力系の思想が注目され始めている。今後「個」を受け入れ抱きとめる二十一世紀の受け皿を探求するにあたって、これは大きなヒントになるのではないだろうか。

〔文献〕
1 Hemingway, E. *A Farewell to Arms*, London, Arrow Books, 1994
2 Hemingway, E. *For Whom the Bell Tolls*, London, Arrow Books, 1994
3 河合隼雄『日本人という病』、東京、潮出版、1998

アン・リンドバーグの荒野

はじめに

大西洋単独横断飛行で知られるチャールズ・リンドバーグの妻、アン・リンドバーグ（一九〇七年～二〇〇一年）は、作家としてはそれほど有名ではない。しかし彼女の代表作『海からの贈り物』（一九五五年）は非常に質の高い作品であり、今もずっと読み継がれていて、彼女の自然描写や自然に対する感性に魅了される読者は多い。若い頃から自然を愛していたアンは、結婚後自分も操縦を習い、チャールズと共に冒険的な空の旅行を数多く経験して、世界の様々な自然と接することになった。ここでは最初の作品『北を通って東洋へ』（一九三五年）と三冊の日記を中心に、彼女にとって荒野が何を意味したかを見ていく。視野が広く深い洞察力をもち、不思議に日本的なものを感じさせる彼女の作品から、二十一世紀に生きる私たちが学ぶべきものは多い。

一　庇護された世界 (sheltered world)

アン・リンドバーグは文化的、経済的に極めて恵まれた環境で育った。父親ドワイト・モローは、貧困から身を起こし法律家として成功を収め、国際金融業界で富豪となったばかりか、その手腕と人柄を買われてメキシコ大使に任命され、後に上院議員となるという、まさしく成功物語を地で行った人だった。母親エリザベスは、スミス・カレッジを出た勉学熱心な教師で、文才もあり、多くの面で夫を助けたが、当時いかに卓越した女性であったかは、後に学長代理までしていることからもうかがえる。トップ・エリートの両親は当然教育熱心であり、四人のわが子に可能な限り最高の教育を与えようとした。親の偉業に負けないよう期待されて、三人の娘は母の母校スミス・カレッジに行き、息子は父と同じくアマースト・カレッジに行った。才色兼備の長女の陰に隠れ、次女のアンは内気で目立たない娘だった。彼女は親が敷いたレールではなく独自の道を求め、母や姉と違うヴァッサー・カレッジに行きたいと希望したが、聞き入れられなかった。

このような両親に与えられた環境を、後にアンは「小さな町の暖かい、密着した家族の輪の中に、しっかりと保持された、私の庇護された世界（my sheltered world)」（W xiii）と述懐している。それは「安全で裕福で、教養があり、感受性が鋭く、アカデミックで、善良な人々」の「現実世界からほど遠い、囲い込まれた世界」(W96頁)であり、いわば黄金の鳥かごであった。しかしアンにとって、黄金であろうとなかろうと鳥かごは鳥かごであり、それは彼女の望む現実世界から隔てられ、囲い込まれた状態にほかならなかった。「自分はヴァッサーに行きたい」と切望したのも、「違ったことをしたい。実験したいの。前もってわかっていないことをやりたいの……みんなの期待に反して新しい所に行ってそこで始めたいの」(B6―7頁)と心の底で自由を求めていたからである。しかし周囲のプレッシャーは余りに強く、一人で鳥かごを破ることは到底不可能だった。そのとき空からモロー家を急襲してアンを連れ出したのが、当時トップの著名人だった、飛行家チャールズ・リンドバーグである。

メキシコ大使モローの提案で、アメリカとメキシコの友好のために依頼を受けたチャールズは、はるばるメキシコまで飛行し、そこでアンたちと出会った。誘われて初めて乗った飛行機からアンが目にしたのは、「両親が重要で立派だと思うあらゆるものが、小さくて取るに足りないものに見える」光景だった。「私の刺繍とリボンで飾った小さな世界は打ち砕かれた」(A41頁)とアンは書いている。自国に戻ったアンは、その飛行体験が忘れられず、どうにか見つけたパイロットに依頼して飛行機に乗せてもらい、「この谷は本当はこういうふうだったのね。何て明白、何てシンプル！こんなに小さな場所、こんなに小さな世界なのね」、「すごくリアル！一人で、私の責任でやったのだから。私が完全に所有している経験だわ」(B159頁)と書いている。控えめでおとなしいにもかかわらず、親がお膳立てしてくれる人生ではなく、自分の人生を獲得したいと願い、裕福な暮らしに虚偽を感じ取って、本当のものを求めていたアンは、モロー家という庇護された世界（sheltered world）から脱出する用意ができていたのだ。

彼女がその本質を見ぬいたチャールズ・リンドバーグは「すべての余分を削ぎ落とし、曖昧さがなく……集中して」（B162頁）自己の目的に直進する人間で、余りにも交際範囲が広く散漫になりがちなモロー家とは、まさしく対照的だった。彼は「彼の目とか男の人の目というよりも、その背後に多くの明るい空とくっきりした地平線があるかのような」目をしていた。超有名人であるため、地上では自由に行動できないチャールズは、デートを申し込んだとき再びアンを飛行機に誘った。「世界の果てだと思っていた山々」を、あっという間に飛行機が飛び越えたとき、アンは「その彼方を見た！……新しい地平線の遠くに雪を頂いた別の山頂がそびえていた。ああ、あの驚嘆すべき静けさ、あの壮麗な氷の不動の山」（B233頁）と書いている。「自分が何て小さく感じられるのかしら」とアンが言うと、「そう、飛行すると本当にそんなふうに感じるよ」と答えるチャールズ自身、「じっと座って一日を見ていられない——追いかけてその一部になりたい」（B245頁）という類の人間だった。アンとチャールズが共に心を奪われていたのは、狭い世界から抜け出ること、「彼方（beyond）に行くこと」、そしてその向こうに在るであろう「静けさ」、「不動」であった。結婚に際してアンは友人に、「お幸せに、なんて言わないで。幸せになるとは期待していないの、これはなぜかそんなものを越えてる（beyond）のよ。勇気と強さとユーモアのセンスを祈っててちょうだい。私はその全部が必要なの」（B249頁）と書き送っている。彼女の生涯を振り返ると、この予感はいかに的中していたことだろう。「庇護された世界」を「越えて」「彼方」に行くのは当然生易しいことではなかった。

二　空から見る荒野

当時としては初めての世界的有名人で、空前絶後の名声に付きまとわれたチャールズ・リンドバーグは、「私より前にそれほど地球の空を移動する自由を手にしたものはいなかった」と後に述懐している。彼はしばしばアンを副操縦士として、誰よりも広く自由に世界を飛び回った。当初「夫婦は一つの場所に数日以上とどまれることは一度もなかった」し、「仕事で旅行して回ることが世界一多いカップル」（L424—425頁）という言葉は誇張ではなかった。『北を通って東洋へ』はその最初の、約三ヶ月の長期旅行——ワシントンを発ち、カナダ北海岸、アラスカ、カムチャッカ、日本を経て中国に至る旅——を描いている。当然ながら一九三一年の空の旅行は、現在とは全く違ったものだった。なにしろ初めて大西洋無着陸横断飛行がなされたのがそれよりたった四年前であるから、北回りは全く未踏の領域だった。その上飛行機は今のように複雑な計器を備えた機械ではなく、ごく原始的なものだったから、勘と技術で飛ぶ当時の飛行士は、自然から遮断されるのではなく自然に晒されるわけで、危険は相当のものだった。しかし命にかかわる危険は十分承知しながら一向に動じないチャールズは、既知のルートには興味を持たず、未知の世界に惹かれる冒険心はアンも同じだった。「危険だ」と人々に反対されて、アンはきっぱりと「危険だって？　結局私たちは行きたいのだ。いまさら危険のことを話して何になろう」（N17頁）と書いている。

もともと性格がゆっくりタイプのアンは、以前にチャールズの運転する車に乗って恐怖に蒼ざめながら、「彼の一つの本質」は「スピードを出して、集中して、嵐の中を容赦なく突き進む」ことであり、「私の全人生がこうなのだ、こんなふうに闇の中をチャールズとともに余りに速く余りに盲目的に、チャールズを信じて、突進するのだという気がした」（F43頁）と書いたことがあったが、ある面ではそのとおりだった。「あの最初の象徴的な彼の飛行は、今もって本当だ。彼はいつも、過去も未来も一人であの洋上にいる、一人で自分の目的地を見る、到達できると一人信じて」（W117頁）という彼女の言葉は彼の人生の本質を言い当てている。そんな孤高の人生行路に飛び込んで行くほど、庇護された世界から出たいという彼女の願いは強かった。後になって航空技術も進み、安全で快適になった飛行機に乗った時、彼女は「地上は私から切り離されている。まるで映画のように非現実的（unreal）だ。私は窓をどんどん叩きたいような気がした。私を通して、……人生に触れさせて、と。……それは冒険の問題ではなく、リアリティの問題だ」（W197頁）と書いているが、これほどに囲いを破り、人生、現実、本物に直接触れたいというアンの欲求は強烈だったのだ。

こうして飛び立った機上から眺める北回り未踏ルートは、「踏み込むことのできない領域」、「今まで誰一人目にしたことのない場所」、「創造の日から不変のまま」（N7頁）の光景であった。この空から見る人の手が触れていない」、「夜の間に降った初雪のように、清々しく、静かで、「新しく」、「未知の」、「前人未到の」世界ほどスケールの大きい荒野を眼にした人間はそれまでいない。地上を進むのではなく空を飛ぶため、速度、高度、視界の広さがけた違いである。それは壮大であり恐ろしくもある眺めだ。「延々と続く荒涼とした土地、どこまで行っても同じ。私たちはこの北の地で、時間を超越した永遠の中に凍結されたのだろうか。」「下方の灰色の荒野、月世界のような原野、別の惑星に逃れた亡命者……」（N43―44頁）、「虚空に当てもなく飛び出した」かのように思われる「不毛の極地」（N51頁）……その描写は殆ど宇宙的なスケールの荒野といってよい。その中を小さな単葉機で一組のカップルが、交信を無線だけに頼って進んで行く。これ以上に庇護されない（unsheltered）世界があるだろうか。

荒野に係わる人は多いが、通常人間と荒野の関係は、一つの荒野を探検するか、開拓し定住することである。しかしアンは一地域に縛り付けられることなく、上空から地球を眺め、様々の荒野に連続して触れた。空から見れば都市といってもほんの一点に過ぎず、地上のほとんどは荒野である。飛行して荒野の一地点に着陸するたびに、外側の世界と隔てられ、辺境に置き去りにされたようなそれぞれの土地で、人々が乏しく暮らすさまを彼女は目撃した。その結果、彼女は様々の自然、様々の暮らしを総合的に見る視点を養うことになった。飛行の最大の魅力についてアンはこう書いている。「地上を我が目ですべて抱擁することには強烈な満足感があった。……すべてをこの目にいちどきに収めることは何という喜びだろう。かつては様々な複雑な世界であった島の各部分が、今空からの包含的な一瞥によってひとまとまりとなり、単純化された。……心の中の混乱を整理し、子供時代の複雑な世界を明瞭化するのは大きな楽しみだった」（N26頁）。アンにとって飛行とは、一つには「複雑、混乱」を「ひとつにまとめ、明瞭化」して本当の姿を把握することを意味した。「空から見る広い視野」（wide-skied point of view）（W193頁）――それは果てしない荒野を「この目にいちどきに収める」視点でもあった。

三　自然

ここでアンが人生で経験した自然を調べてみよう。彼女はアメリカ東部で、ごく普通の親しみやすい自然に接して成長した。長子チャーリーが誘拐殺害された、あの悲惨な事件のあと、身の危険を感じてリンドバーグ一家はイギリスに移り、ロングバーンに落ち着いた。それは、静かに佇むアンのすぐ目の前に小鳥が舞い降りるような、平和で、守られた、調和した美しい自然だった。そこではアメリカのようにマスコミの侵入や大衆の目に晒されることなく、穏和な自然と親しみながら、一家は初めて平穏な日々を送ることができた。「永久的な平和と美の印」としてロングバーンを心からいとおしみつつ、しかし同時にアンは「上空から見たらこの場所は何と小さく見えるだろう」（F54頁）、「何とちっぽけで……保護されていないことか」（F81頁）と否応なく感じてしまう。また、空を眺めながら「今日みたいな日は空を見ずにはいられない。本当のドラマ、本当の人生はあそこにある。あそこが今日の本当の姿だ、自由で、制限がなくて。……人は普通の暮らしの中では余りに窮屈になってしまう」（F76頁）と、彼女は日記に書く。身近で平和な自然を愛しつつも、常に空からの視点を忘れることはなく、飛行体験は彼女の中に内在化されていたのである。

広大な自然を愛するチャールズは、フランスの海岸沖のイリエックという島を購入し、一家は改築した家に移り住んだ。水道も電気もない孤島で、暖を取り、料理し、子育てに追われるアンは、「多くの男性が賞揚するシンプル・ライフは……女性にとっては極度に複雑なのだ」（F xv）と皮肉を言うが、それでもその野性的な風景には彼女も魅了された。祖国メインの自然を「平和、親しさ、故郷」とすれば、イリエックは「野性、孤絶、未知（strangeness）」（F236頁）である。

後に彼女はイギリスのロングバーンとイリエックを次のように比較している。「イギリスに行った時、私は安全と平和（peace）、物事が同じままであることを望んだ。……でも私は同じではない。私は変化する。この完全で平和な、牛のようなイギリスに私はじっとしていることができない」（傍点部は原文イタリック）。「それから私たちはイリエックに行った。最初は大変だった。……生活は安定した時計によって動くのではなく、潮や月や天候で動く……最初は不安だったが、これはちょうど人生のようで、自分を手放せば完全な安らぎ（peace）を見出すことに私は気づいた。……それは自分自身の人生の果てしない変化に合っている。人はもはや人生の本質そのものと争わない」（W76頁）。ここには同じ peace という言葉が使われているが、両者は異なる意味を持つ。前者の馴染んだ自然の peace は保守と保身の平和であり、そこに閉じこもれば人は停滞する可能性がある。後者の荒々しい野性的な自然の peace は、人が自我の殻を捨てて、より大きな何かに自己を預けた安らぎの平和である。

アンにとって自然は大別して二種類あった。ロングバーンのような身近のこじんまりした自然は、故郷、巣、隠れ家（shelter）であり、保護、安全であり、家族や共同体の集団の一部である。それは時計のように安定した、人工のリズムに従う人間世界の内部にある自然だ。一方イリエックに垣間見られる果てしない荒野は、人間の方が「潮、月、天候」に左右され、荒々しい大自然に晒される所だ。それは広大で限りなく、自由かつ危険であり、剥き出しで、自己と無限の間に入るものは何もない。それをさらに拡張すれば、大空、飛行、そして俯瞰する地表となる。前代未聞の大飛行の旅を重ね、地球的規模の荒野を見てしまったアンには、居住地域の自然がどんなに美しくても、空から見ればいかに小さく取るに足りないか、いかにはかないものであるかがおのずとわかってしまう。かといって、彼女は身近な自然を否定するわけでは勿論ない。ある日山腹から松の木立ちに縁取られた海の風景を眺めていたとき、彼女は遠景と近景がともにあって初めて景色が精彩溢れるものになることを発見する。「『近く』と『遠く』のすばらしい組み合わせ」に気づいた彼女は、「枠組がいかに重要であるか」(F108頁)を考える。「遠いものを縁取る枠となる近くのもの」は必要不可欠の要素なのだ。生来アンは身近な自然に対して感性が豊かで、家や庭の世話、家事など細心の注意をもって大切にする性質だった。しかし一方で、夫に同伴する大旅行で体験してしまった以上、荒野がなければ息が詰まるような窮屈さを覚えるのだった。

この二つの要素をアンは充分自覚していた。「飛行という魔法には常に裏階段が必要だ……裏階段は恐ろしく重要なのだ」(N ix)と彼女は『北を通って東洋へ』の前書きに書いている。「鳥のように自由だ」と人は言うが、その自由がどんなに物理的法則と周到な用意に支えられているかを飛行士は知っている。操縦と無線の技術修得は勿論、どれだけの燃料でどこまで行けるかという計算だけでなく、事故や不時着の場合に備えてパラシュート、無線機、防寒服、食糧等々事細かな品目を、限られた重量以内で考え抜いて準備しなければならない。何かが足りなければそのまま死に直結するのである。飛行機が飛び立つには飛行場が要るし、荒野を展望するには基地が要る。大旅行には生活の安全拠点が必要で、生活にはくつろげる身近な自然が必要である。こうした舞台裏の地道な努力について彼女は熟知していたが、そうまでしても飛び立ちたい荒野の魅力は抗し難いものがあった。

現在私たちが旅客機で移動することは「魔法」でも何でもなく、日常茶飯事にすぎない。外界と遮断された安全な機体の中に座っていれば眠っていても目的地に着いてしまうし、小さい窓から見える景色は、ビデオの映像のようにただ目に映るだけで私たちとは関係がない。昔私はペルーのナスカ砂漠の上空を数人乗りのセスナで飛んだことがあるが、大地から飛び立ち、空中を飛ぶ強烈な実感と、地表面が無言で諸々のメッセージを放っているかのような感覚が極めて印象的だった。帰国後しばらくは車を運転するたびに、どこまで走ろうとも二次元、つまり平面上にすぎないことを痛感させられて、軽飛行機体験の影響に驚いた。ましてアンは単葉機の操縦士として、夫とともに長年にわたって地球狭しと飛びまわったのだ。このように自らの腕で身体ごと飛行するとき、「人は自然の一部になる」とアンは言う。「色々な活動の中でも最新、最先端のものである飛行によって、人が再び大自然（the elements）と密接に触れ、大自然に懐かれるとは不思議なことだ」（F 493頁）、「飛行は人を大自然から引き離すのではなく、人を大自然の中に浸す」（W 24頁）と常々彼女は感じていた。幼い我が子たちと平穏に暮らす家庭的な自然と、抗しがたく引きつけられる荒々しい大自然（the elements）、この二つの自然をどうすれば人生において調和させることができるか、それが彼女の大きな課題だったのである。

四　永遠

飛行がアンに体験させた大自然とは、本質的に何だったのだろうか。「空は世界のどこに行っても同じだ、下界がどんなに変化しても」（F82頁）とアンは述べている。下界の変化を超えた、人間の管轄外にある大空から地上を見ると、山や川など主要な自然が永続的なもので、それにこびりついた町や村は吹けば飛ぶようなはかないものに見える。そのことは野性的な自然、荒野においても最もはっきりと実感できる。例えばチャールズとともにアルプスの山々を目にした時、「清澄な陽光と輝く青色の中に聳え立ち……目眩がするほど高い」山は「余りにも巨大で、純粋で、この世のものとも思われず」（F132頁）、想像を絶する大きさに彼女はただ謙虚に感じるばかりだった。そのとき天候が悪化して危険に直面するが、無私非情の大自然を目前にしたためか、「死ぬことは気にならない。……いい人生だった」（F135頁）と、いざという時の覚悟さえできていた。エジプトの上を飛んだ時は、巨大なナイル河と緑野の大自然の足元で、あらゆる人工物は「取るに足りない、長続きしない、一時的な、重要でない」（F146頁）ものだということが明瞭にの表象となった。

見て取れた。こうして大自然、空、荒野は彼女にとって、はかない人間を圧倒するもの、「永遠」

日常生活においても、彼女には若い時から、時間を忘れさせる、時を超えたものに心を惹かれる傾向があった。例えば彼女は花を見ると、「花瓶に生けた花は……自己充足している、それだけで全き、完全な存在だ。花々にはいつも落ち着き、完成、達成、完全がある。私にはそんな瞬間は時々しかない」（B77頁）と思うし、バッハを聞いて、「絶対的な完全。それが永続しないことは問題ではない。こんな完全なものがあると知っているだけで生きる甲斐があるというもの。人は完璧な安らぎを感じることができる」（B85頁）と書いている。「完全」とは永遠が顔をのぞかせる一こまといえよう。もし人がその一こま一こまに自分を委ね、「あるがままの瞬間瞬間に自分を完全に明け渡すならば、人生はどんなに豊かになることだろう」（B120頁）と、アンならずとも誰しも思う。しかし花にも音楽にもなれない生身の人間は、時間に左右され、時間に幽閉される。彼女は愛読するリルケの言葉、「私たちは局在的で束の間の存在だが、一瞬たりとも時間の世界に満足できず、その中に限定されない。……はかなさは至る所で深い存在に飛びこんでいる」（F115頁）を引用しているが、飛行以外に時間を超えた「深い存在」に飛びこませ、永遠に触れさせるものに、美と芸術があった。

北回りの航路で日本を訪れた時、アンは日本画を見せられて感銘を受け、その本質を鋭く洞察している。

キャンバスの左側に、雨にぬれて羽毛を立てた鳥と、花の咲いた雑草が二、三本。あとは余白だ。何もないのだが空っぽではなかった。空間が充満していて、逆説的だがそれがこの絵で最も重要な部分だと感じた。……空間に洗われて（washed in space）、鳥と草は生き生きと際立っている。静けさの光輪に包まれて。多分これが日本人が自然の中のものを見る見方なのだ、いつも静けさの光輪に包まれている、だからいつも美しいのだ。（N105頁）

「空間に洗われ」、「静けさの光輪に包まれる」とは、個々のものが無限の背景、永遠の中で、その本来の美を現しているということだ。それは日本語で言うところの「空《くう》」に通じる。アンがしばしば使う「無私の」、「超然とした」という語も、彼女なりの「空」を形容する言葉である。中国の上空を飛んで、円い湖の真ん中の小島に立っている「世界で最も美しいパゴダ」を見かけたときの、「台座に収まった宝石のように、究極と安らぎの言いようのない感じがした。……静寂に囲まれてパゴダはあった。単独で、静寂に囲まれているものは美しいのだ」（N125頁）という記述にも共通したものがある。「空」に触れたもの、その周りに永遠を輝かせているものは、そのもの本来の在り方をしているから美しいのだ。

ところで「空間に洗われる」と言えばまさに文字どおりアンの時代の飛行を思わせる。隠れたり寄りかかったりするものを何一つもたず、飛行士は空間に身を晒す。命を懸け、薄板一枚の下は死という、全く自分の思いどおりにならない自然に己を晒す。これは野性の大自然の中に入っていく場合にも言える。管理も予測もできず、何が起こるかわからない、絶対にこちらの思いどおりにならないもの、完全に野性的なもの、それを象徴的に〈荒野〉と呼ぶならば、大自然も死も永遠も〈荒野〉と言える。〈荒野〉に直面するとき、人は否応なく、「おまえは何なのか、おまえの存在はどういう意味か、今の自己を手放す用意はできているか」と問われ、極限の自己発見を、そして無私、無心の領域へ踏み出すことを迫られる。表面には現れないにせよ、そのプロセスを既に経て描きあげられたもの、それがアンの見た「空間に洗われ」、「静けさの光輪に包まれた」――余白に囲まれた鳥と草の絵だった。その日本画は、〈荒野〉に自分を預け得た、永遠の静謐を現していたのだ。中国の美しいパゴダが「究極と安らぎ」を感じさせたのもうなずける。

アンが飛行や荒野に惹かれたのは、この〈荒野〉を身に帯びて生き、永遠なるものに到達したかったからだ。「庇護された世界」から脱出し、何度もひるむ自分を励まして、フロリダの原生林を旅行したとき書いたように、「服のように船や飛行機を着て、その殻の外に大洋全部、大空全部を生活空間として持つ」(W169頁)ことを望んだのはそのためだった。「飛行とは、穏やかな聖母像の前に立ったり、静かな聖歌の合唱を聞くときに経験するものとよく似た魔法だ」(N137

頁）、「飛行はざわめく波の下の静謐な世界を見つめる、あの視点を与えてくれる」（N138頁）という結末部の文は、飛行によって触れうる〈荒野〉が、殆ど宗教的な静謐に近い要素をもっていたことを示している。広大な自然の中で、自我の殻（shelter）を捨て素裸となり、オープンで無防備で、頭を垂れて一人佇む——永遠なるものに融合するために。それこそ彼女が心の内奥で求めていたものであった。

おわりに

内向的でおとなしいアンは何事につけても控えめで、受身の姿勢を取るのが常だった。娘時代は親からプレッシャーを受け、結婚後はマスコミと大衆の注目の侵略を受け、また鋼鉄のように強い夫に圧迫された。そのためいっそう切実に、「永遠の中で静寂に囲まれている本来の自己」を求めたに違いない。「庇護された世界」から脱出し、飛行し、荒野に触れることによって、永遠なるものの希求は彼女の生きる意味そのものとなった。どのように二つの自然を調和させ、〈荒野〉に向かうか、いかに永遠なるものへと進んでいくか。それをアンはチャールズのよき妻、五人の子供の母、作家として、現実生活の中で探求し続け、後にあの美しい『海からの贈り物』を著した。二十世紀の物質偏重文明が見直しを迫られ、環境と自然保護の問題が深刻となった今、野性を通してこそ人は永遠なるものを与えられると語るアンの探求は、根源から一筋の光を投げかけてくれる。

〔註〕（ ）内のアルファベットは次の作品を、数字は各著書の引用の頁を示す。

〔文献〕
1 W—Lindbergh, A. *War Within and Without*, New York: Harcourt Brace & Company, 1995
2 B—Lindbergh, A. *Bring Me a Unicorn*, New York: Harcourt Brace & Company, 1993
3 A—Hertog, S. *Anne Morrow Lindbergh: Her Life*, New York: Anchor Books, 1999
4 L—バーグ、S『リンドバーグ——空から来た男』、東京、角川書店、2002
5 N—Lindbergh, A. *North to the Orient*, New York: Harcourt Brace Jovanovich, Publishers, 1963
6 F—Lindbergh, A. *The Flower and the Nettle*, New York: Harcourt Brace & Company, 1994

リンドバーグはなぜ飛んだか

はじめに

冒険飛行家チャールズ・リンドバーグの名は今でも多くの人に知られている。大抵の人は彼について二つのことを思い出す。第一に、最初のノンストップ大西洋単独横断飛行に成功した青年として。第二に、一歳半の息子を誘拐され殺されるという、世界に衝撃を与えた悲劇的な事件に果敢に耐えた人間として。しかし彼のしたことはそれだけではない。後年、一九六〇年代から、地球的規模で行われている自然破壊に彼が警報を鳴らし、そのエネルギーと資金を広く自然保護運動に注いだことは、現在ほとんど知られていない。二十世紀の人間として、彼の果たした役目は実は予想外に大きいものであった。二十一世紀に生きる私たちは、彼の行程と思索が示唆するものを見直す必要がある。では、彼はなぜニューヨークからパリまで飛行したのだろうか。いや、そもそも彼はなぜ飛んだのだろうか。

一　人間は飛行する

「鳥のように自由に」（free as a bird）という表現には、人間の強い憧憬がこめられている。人間はどうやら昔から空を飛びたかったらしい。古くはイカロスの神話。飛行機を考案したレオナルド・ダ・ヴィンチ。日本にも、十八世紀に鳥人幸吉と呼ばれた男が岡山で飛行を試みた。しかし彼らは単発的な現象で終わっていた。ところが十九世紀から二十世紀にかけて、空を飛びたいという人間の願望は急激に高まったように見える。世の中から変人扱いされながらも、その中の一グループ、ライト兄弟は史上初めて飛行することに成功し、歴史に名を残した。最初は十二秒で三十六、六メートル、四度目が五十九秒、二六〇メートルだった。それは一九〇三年、今から百年余り前のことである。たった百年で飛行が単なる奇行から日常の交通網となり、地球上をくまなくエアラインが覆うようになったことを思うと、誰しも驚きを禁じえないだろう。チャールズ・リンドバーグが誕生したのはその前年の一九〇二年。飛行機が実用化され始める頃に成人するよう、最適の時期に生まれたことになる。

彼の祖父はスウェーデンからミネソタの荒野に移住し、父はその辺境に育って後に急進的な下院議員となった。リンドバーグ自身も大自然に馴染んで育ち、室内や都会は嫌いだった。颪と空と広い大地が好きで、子供時代に見た飛行機に魅せられた。「私のしたいことは二つある。私は飛行機を操縦したい。そしてアラスカに行きたい」（S385頁）と彼は書いている。当時アラスカは、西部というフロンティアが消滅して以来、残された唯一のフロンティアとみなされていた。したがって、彼が初めからはっきりと望んでいたことは、第一に飛行であり、第二にフロンティアという大自然であって、彼の中で飛行と野性の自然は結びついていた。当時、十年余りの歴史しかない飛行は相当に危険であり、墜落事故も多く、飛行士としての平均寿命は十年とされていた。しかし彼は「地上で普通の生活をして長生きするよりも、十年空を飛んで墜落するほうがいい」（S262頁）と、ためらうことなく決断した。飛行と大空はそれほどに彼を魅了したのだ。

当時開始されたばかりの航空郵便パイロットとして経験を積んだ彼は、多くの危険があったとはいえ、一定のルートを往復することに飽き足りないものを感じるようになる。その頃欧米では冒険飛行熱が高まりつつあって、飛行技術振興のため、オルテグによって最初の大西洋横断飛行に二五〇〇〇ドルの賞金が出されていた。知名度の高い飛行士たちは二〜四人の組を作り、資金を集め、贅を尽くした飛行機を製作させてその競争に参加した。事故による死者や行方不明者も出たが、冒険飛行の志望者たちはひるまなかった。一九二七年、金も名もないリンドバーグが苦労してスポンサーを探し、無名の会社に「スピリット・オブ・セントルイス号」を作らせて、単身ニューヨークを飛び立ったのは、そういう国際的な飛行熱を背景としてであった。

単独飛行には重量を最小限にして燃料を増やし、飛行距離を伸ばすという利点がある。それを理解していた少数の者を除き、初め世間はリンドバーグの計画を無謀、あるいは純然たる愚行とみなした。「エンジンが一機だけの単葉機は危険が大きい。エンジンが止まったら一巻の終わりだ」、「一人の人間が三十時間以上不眠で大西洋を横断するなど、到底不可能なことだ」と思ったのだ。しかしいざ出発するとそのニュースは世界に伝えられ、それを知ったすべての人が彼の成功を祈った。勇気ある青年が、たった一人で未踏の大洋を飛んでいくことを思い、夜も寝ないで祈りながら吉報を待ち受けた人々もいた。ニューヨークを発って三十三時間三十分後、ついに無事パリのル・ブールジェ空港に着くと、そこには何と十五万人の群集が待ち受けていた。人々は彼の飛行機に向かって殺到し、リンドバーグを胴上げし、「スピリット・オブ・セントルイス号」のかけらを手に入れようと飛行機を強襲した（当時の機体は木製で内張りは布だった）。この大狂乱は瞬くうちに世界中に波及していった。その頃ちょうどラジオ、電話、電送写真、映画などの発達によって、史上初めて世界にほぼ同時に映像と音声を伝達できるようになったところだったからである。

一方、ただ大西洋横断飛行のことしか頭になかったリンドバーグは、それに成功したとき人々が示した熱狂に唖然とした。直ちに世界に広がった大騒動は、とても個人が抗しうるものではなかった。「それはまるでマッチでかがり火に火をつけたみたいだった。その後、みんなはかがり火の炎とマッチを混同したのだと思う」（S310頁）と、彼はつつましく述懐している。しかし実際、飛行への希望というかがり火の炎は拡大し、彼はそのシンボルとなった。一国、一文明の英雄ではなく、あらゆる国で尊敬される世界的な英雄となったのは彼が史上初めてだった。ちょうどアポロの宇宙飛行士が月面に降り立ったとき、人々が「人類が月に到着した」と捕らえたのと同じように、リンドバーグのやりとげたことは人類の偉業とされた。海を越えて新世界から旧世界へ単独飛行をすることによって、彼は人間は飛べるということを証明したのだ。彼を拒む国は一つとしてなく、「空の大使」として、強力な国際親善大使として、彼は世界中を動ける立場に立つこととなった。

飛行機の未来性を確信していた彼は、航空技術の発達は国境を越えて人類に自由と平和をもたらすと、素朴に信じていた。だから全世界から殺到した膨大なチャンス、依頼、申し出をすべて断り、航空業界に専念した。まもなく彼は合衆国全土をスピリット・オブ・セントルイス号で回り、身をもって一国全体を体験把握した最初の人間となり、人々に大いに航空発展をアピールした。その努力が実って早くも一九二九年、ニューヨーク—カリフォルニア全国横断旅客サーヴィスが開始され、すぐに全国各地の航空会社が互いにルートを連結して、全国的航空網ができあがった。「リンドバーグが行なった提案はほとんどがアメリカ航空業界の基準となり、やがては世界の基準となった」（L372頁）といわれている。一九三一年には妻とともに北方を通って東洋に長期飛行を敢行し、新ルートを探索した。ついでヨーロッパ、アジア、アフリカ北西部、南アメリカ北部を飛行、ルートの選択と調査を行なった。こうして彼は、人々の意識を「人間は飛行する。航空は当然の手段だ」という方向へ推進する、強烈かつ持続的な起爆剤の役割を果たした。それどころか彼は、プロペラ機の限界を痛感していたので、当時専門家さえ見向きもしなかったロケット研究に関心をいだき、早くも一九二九年に、ゴダード博士と人間が月に到達する可能性を話し合い、資金援助に手を貸している。歩行、車輪、船舶というこれまでのフレームを越えて飛行を実現したばかりでなく、日常化しつつあった飛行機からロケット、宇宙旅行へと大きくフレームを越えることを、彼はすでに考えていたのだ。

驚嘆すべき有名人となったことは、リンドバーグにとって大きなマイナス面もあった。どこにいても騒がれるので、地上での行動の自由がなかったばかりでなく、ニュースを欲しがるマスコミの餌食となり、ついには一歳半の愛児を誘拐され殺害されるという悲劇が起こった。その後も二番目の息子の安全が脅かされたので、アメリカにとって不名誉なことに、一九三五年には一家はイギリスに移った。そのため彼の人脈はいっそう広がり、アメリカを外部から見られる広い視野を得て、国際的に航空技術の発達に寄与することとなった。しかし彼の夢が実現し航空が日常化するにつれて、飛行から以前のような魅力や自由感は失われていった。それとともに、輸送航空の発達は自由、平和、相互理解をもたらすという彼の予想に反して、西洋文明による世界の無残な画一化と、大規模な自然破壊の結果を招いた。世界の各地でそれを目の当たりにした彼は、文明の愚かさ、脆さを痛感するようになる。その上航空技術は想像を絶する破壊力によって、軍事の歴史を一変してしまった。多くの政治家は、国家の安全はより強力な武器の開発にかかっていると考えたが、「互いに致命的武器を突きつけあうことで安全を見出すとは、私を含め人間は何という愚か者なのか」（A31頁）と彼は嘆いている。かつて科学の発展と文明の価値を疑わなかった彼は、こうして文明とは何かを考えるようになり、もともと強く惹かれていた自然、荒野、野性にますます目を向けるようになった。

二　野性と文明

大西洋横断飛行をしたのは「第一に飛ぶことが好きだから、第二に航空業の発展を願っていたからだ」というリンドバーグは、彼の最初の大作『スピリット・オブ・セントルイス号』（邦題「翼よあれがパリの灯だ」）でこう書いている。「私は冒険を求めた……そもそも人間はなぜ飛びたいと思うのだろう？……冒険に基づかない文明があるだろうか？冒険なしで文明はどのくらい長く存在できるだろうか？」彼のいう冒険とは、境界を越え、限界に挑むこと、一つのフレーム（枠）の外に出ようとすることだ。職業柄上空から地上を見下ろす時間が多い彼は、空の広さと人間生活の狭さの対照を常々感じていた。「マンハッタン島は私の下にある――何百万という人々が、あの川に囲まれたレンガとコンクリートの狭い土地で、一人一人がちっぽけな自分の悩みや考えに取り巻かれ、彼方の地球の広がりなど意識もしないで暮らしている。私が越えてきた西部の空間と何と対照的だろう」（S149頁）。このように、一つのフレーム内に静止していたのでは盲目も同然であるということを、彼は横断飛行で強烈に実感した。「私は振り返った……あれがアメリカだ。なんと不思議な感じだろう。アメリカが遠くにあるとは！」と彼は書いている。「まるで『あれが地球だ』と言っているみたいだ、遠くの惑星のように」と彼は書き加えた（さすがの彼も、それが自分の生きているうちに実現するとはそのとき思ってもみなかっただろう）。ある領域を抜け出して、それを俯瞰する――フレームを越えること。これが彼のやり続けたことのようだ。横断飛行で国から国へ、海を越えて大陸から大陸へとフレームを越え、やがて彼は文明の領域と荒野――野性的自然の領域のフレームに注目するようになった。

飛行していると時間というものはフレームによって違うことを痛感する、と彼は書いている。家庭というフレーム、飛行事業のフレーム、夜間飛行のフレーム、都会のフレーム、荒野のフレーム、アメリカのフレーム、アフリカのフレーム、人跡未踏の大自然に分け入るフレーム――それぞれのフレームは時間感覚、存在感覚が異なっている。多くの人は大抵一つかせいぜい二つのフレームで人生の大半を過ごし、世界はこういうものだと思い込み、そのまま人生を終わるので、フレーム間の情報交流、あるいは統合がない。ところがリンドバーグの人生は、仕事上の移動ばかりか住居も何カ国かにわたり、いわばフレームからフレームへ飛行し続ける人生だった。それも単に頭で考えるだけではなく、体ごとフレーム間を移動したのだ。「人生は風景のようなものだ。人はその只中に住んでいるが、距離という利点からのみ、その風景を描写できるのだ」（A xvi）という彼の言葉には、十分な体験の裏づけがあった。常にフレームを出入りしていた彼は、世界には多くのフレームがあることを体感し、それを貫きその背後にある実相を知りたいと熱望した。その最も大きなヒントを与えてくれたのが野性である。

少年期からもともと自然が好きだったリンドバーグは、政治家だった父親の都合でミネソタの農場とワシントンの都会を毎年往復し、農場の豊かな自然と人工的な都会との対照に戸惑いつつ育った。母方の実家はデトロイトにあって、そこでは歯科医で発明家の祖父から科学への興味を掻き立てられた。「本能的には大自然に惹かれ、知的には科学に惹かれた」彼は、この「本能と知性の価値の葛藤」は生涯続いたが、それは彼個人だけではなく彼の文明の特徴だと述べている。飛行士になることはその解決策でもあり、当時科学技術の最先端を行く飛行機は、同時にそれ以外の手段では到達不可能な辺境へ、大自然へと彼を運んでくれた。しかし日夜飛行機が飛ぶようになった現在、確かに便利にはなったけれども、人間は自然から隔絶し、自然との交流を失い、恐ろしいほどに自然環境を破壊し続けている。「何十年という間飛行機で飛び続け、私は地表面に起こるおびただしい変化を見た。……最も目覚しい変化は晴れた夜に合衆国の上空を飛んで見た無数の灯りだった。若いときには暗黒だった広大な地域が、今は電気できらめいていた。至る所で消滅する荒野、野生動物、天然資源のことを聞き……危惧の念を抱いて、私は個人的に活動を始めることに決めた」（A32頁）。こうして彼は一九六〇年代から、グローバルな視野をもつ精力的な自然保護運動家となった。

彼の自然に対する関心は、単に環境保護のレベルにとどまるものではない。大西洋横断飛行後、つきまとう名声、群集、マスコミに疲れ果てたリンドバーグは、ある日上空からソルト・レイクの近くに砂漠を見かけ、衝動的に着陸して一人で一夜を明かしたことがある。彼はまばらな潅木とサボテンの地上を歩き、「自分が砂漠の一部だと感じることは何と素晴らしいことだろう」と、その大自然に浸った。

太陽が沈む頃私は飛行機に戻った――荒野に憩う、奇妙な孤独な生き物に。飛行機は文明の価値を凝縮しており、周り一帯は宇宙的な荒涼たる景色だった。……星は輝き、闇は急速に深まっていった。……そこで何という安らぎを見出したことか。私たちの惑星の暖かい、けれども涼しくなっていく地表で。所有物や権力は無価値に思われた。重要なのは存在だ。気付きと理解、広がり、山に区切られた地平線、足元の小枝、手の中の小石だ。（A321頁）

荒野の体験こそ自分にとって「最重要」（essential）であり、自分の「核心」（core）であると直感した彼は、文明の利器である飛行機でここに到達したという逆説をどう越えるか、「いかにして文明的なものと野性的なものを両立させるか、両者を行き来できるか」と考え、そのバランスを取って「核心」に至ろうと堅く決心した。だからそれは環境学的、科学的自然保護にとどまらず、彼の最奥の内面にかかわるものである。自然に融合し、沈思黙考し、安らぎに包まれることが何よりも自分の「核心」であり、同時に人類にとって必要不可欠な要素だという彼の確信は、歳月とともに深まる一方だった。

絶滅に瀕した野生動物を保護するため、森林を救うため、彼は種々の自然保護団体と提携し、精力的に調査や援助活動をしたが、中でも最も魅了されたのはインドネシアと東アフリカの自然と民族だった。彼はフィリピンの島の部族と暮らして「これほど幸福な民族を見たことがなかった」と記し、アフリカのマサイ族と親しく交流したとき、「白人は自然との接触を失ってしまっていて気の毒だ」（A272頁）と言われて反駁できなかった。彼は「武器といえばマサイ族の槍一本」というごく軽装備で、家族とともにアフリカを旅行し、象の群れのそばでテントを張り、夜は野獣の声を聞いて、原始人さながら「ジャングルの一部となった」ように感じる経験もした。野性の自然の中に身を晒してみて、マサイ族が「文明人の方が自由がない」というのも理解できた。彼は「野性にこそ世界の救いがある」と主張したソローに共鳴し、「真の自由は文明にではなく、野性にある。おそらくだからこそ文明人は、残存する荒野にますます郷愁を覚えるのだろう」（A39頁）と書いている。

このように野性に直に触れたばかりでなく、彼には飛行家特有の感覚があり、それを次のように表現している。「おそらくほかの誰よりも、私には諸民族と世界の地理との航空術的関係を心に描くチャンスがあった。……飛行によって、私は距離を通して地球に密接に触れ、空間的観点による理解を得た。……飛行機は近くのものと遠くのものを、一つの巨大な親密な形にしてくれた」（A266頁）。フレーム間を移動し、多くのフレームに触れた結果、飛行による鳥瞰感覚、遠近の統合体感を通じて、彼が地球全体を自分に親しい存在として把握していたことがうかがえる。そういう目で彼は地球の文明と野性を見つめた。アメリカ文明の中にいると、「昨日の進歩が今日はもう時代遅れになる」せわしさに染まるが、野性の中にいると「さほど進歩的でない生活様式にはほっとするものがある」と実感して、彼は「文明は有害なのか？」と自問する。原始の土地で「人間は大地と水の上に、太陽と空の下に生きるという天与の特権をもって生まれた。人間は精神と同様に、肉体、感覚、感情、霊性をもっている」（A285頁）と確信すると、左脳の働き以外を圧迫しているように見える文明は、「切断された頭」にすぎないように見える。「原始的なものの智慧は、知性が測りうるよりも深いところにある」（A286頁）という言葉から、知性、科学、正確さを非常に重視してきた彼が、二十世紀アメリカ文明というフレームを離れてその限界を知り、人類が現在のフレームを越える必要があることを見抜いていたことがわかる。

では彼にとって野性とはどういうものか。彼は、原始の人々には無為にして為すという「老子の原理」と等しい智慧があること、野性は「生命そのもの、強制されない生命こそが進歩である」ということを教えていること、文明は衣服のように人間と自然環境を分離するが、衣服の下の身体が生命力（vitality）を失うならば、衣服はそれを保持できないということを、最後の大作『価値観の自伝』で述べている。「なぜ私はこんなに長い間文明に従っていたのだろうか。……もし私が再び野性を捨てるなら、私は人間への神の最大の贈り物に背を向けることになるだろう」（A274頁）。もちろん彼は、いわゆる原始的な生活は医学知識の欠如、タブーや無用の慣習など、その無知ゆえに野性の価値を認識するのに必要な気づきを欠いていることを知っていた。しかし文明は野性なくしては生存できない。歴史を振り返れば、一つのフレーム内で停滞する文明は必ず滅亡している。野性とは人間にフレームを越えさせてくれるもの、人間の生命力（vitality）、すべての命の根源なのだ。上記の「老子の原理」、「強制されない」、「神の贈り物」という彼の表現には、単に文明ばかりか人間の知性や小我を超えた、人間の意識よりも大きい存在に対する感性を、野性の中に見出していたことが読み取れる。

三　死滅性（mortality）を越えて

生涯空を飛び続けたリンドバーグは、子供のときから空が好きだった。彼が飛行を愛したのは、一つには地上の彼方へとどこまでも続いている空に惹かれたからである。二十歳で初めて空を飛んだときの気持ちを、彼は「過去とつながる意識は消え、私はその瞬間にのみ、この不思議な不死の（immortal）空間にのみ生きていた、美に満たされ、危険に貫かれて」（S249頁）と表現している。また、当時開発されたばかりのパラシュートを初めて体験したときは、「人生がより高いレベルに、一種の高揚した静謐にまで高まった。……飛びたいという願いには何か深いもの、自分でも説明できないものがある。……それは大気と空と飛行への愛であり、美を感じ取ることであり……言葉の表現を越えたところ、危険を通して不死・不滅性（immortality）に触れ、生と死が等しい面で出会うところにあった」（S255頁）と書いている。自伝でも「初期の飛行は死を越える（beyond mortality）経験のように思われた」と回想している。「不死に触れる」、「死を越える」という言葉が著書に幾度も使われていることからもわかるように、リンドバーグにとって明らかに「飛行」は「不死・不滅性（immortality）」に直結していたのだ。

死の危険度の高い飛行が不死に繋がるとは、一見矛盾しているように思えるかもしれない。事実、彼自身当時危険の代名詞であったパイロットとして、危うく死ぬような事故に何度も遭っている。悪天候、機器の故障、不時着のみならず、墜落事故も数多かったが、その都度まれに見る冷静さと腕と幸運によって生き延びた。彼は「四度もパラシュート脱出をして生き延びた唯一の男」であり、「天使に愛される男」とさえ呼ばれた。死に直面する体験はますます生と死について考えさせたが、何よりも飛行体験には際立った特徴があった。彼は「初期の飛行は死を越える体験のように思われた」に続いてこう書いている。「私の視点は神の目の視点だった。……以前は水平に見ていたように、人々や木々や家を垂直に（vertically）見下ろした」。彼が「神の目の視点」と呼んだ「垂直に」見下ろす視点とは、言い換えると空から見る鳥瞰ということだ。

人は通常一生地上で暮らすが、空から見ればそれは二次元、つまり高さを欠いている「面」である。フレームを越えるといっても、面上で水平にフレームを越えるのと、面から垂直にフレームを越えるのとでは全く質が違う。面に密着しているかぎり面全体を一望に収めることはできない。例えば一九三一年に彼が中国に飛行したとき、揚子江流域は大洪水の只中にあったが、余りに広範囲で政府は実情が掴めないでいた。当時としては異例の機動力を持つ飛行機を使っていたリンドバーグは、援助を申し出て全貌を掴むことができた。このように面を把握するためには面から離れる必要がある。二次元を把握するには、それより一次元多い三次元が必要だ。空に向かう垂直性は、地上の水平性とは次元を異にする。生まれて死ぬ地上の人生、死すべき（mortal）

人間を水平性とすれば、それを離れて神の視点に近づく空は、垂直性と呼ぶことができよう。飛行が経験させてくれる垂直性は、地上とは次元の違う、空＝無限＝神への通路だった。果てしない空、不変の星々を見て飛行するとき、「自由」、「何にも頼らない」、「神のような力」を我が身に感じ、地上の生活はいかにも小さくはかないものに思われる。その一方、大自然の余りの巨大さに、「こんな脆い乗り物で飛び込んで行くとは、自分は何と傲慢なのか」（S197頁）、「野性の広がりの中では我が愛機はちっぽけな点にすぎない」（S230頁）、「こんな小さな飛行機と私が入る権限のない……禁じられた地域」（S239頁）、「このような恐るべき波浪……自分は素裸で、すべての防御を剥ぎ取られたように感じる」（S369頁）と強烈な衝撃を受ける。垂直性は地上と空を、束の間の人間と永遠の神とを繋ぐものだ。飛行して垂直に見下ろす彼は、いわば死すべき人間と神との間を飛んでいるのだった。

神、宇宙と向き合うとき、全てのフレームは落剥し、人間は一人となる。そもそも人々がリンドバーグにあれほど惹かれたのは、単に冒険の興味だけではなかった。ただ一人、命を賭して大西洋を越える、未知なる大自然の中を行く、その勇気と、神に対峙する一人の人間の姿に惹かれたのである。自伝によれば、リンドバーグは宗教には懐疑的で、小さいときから教会が嫌いだった。牧師の説教は曖昧で納得できず、「神様が善だというなら、なぜ神様は人間を死ぬようにしたのだろう。死なんて怖いだけで、いい所なんかちっともないじゃないか」と考えたという。子供のときから生と死に強い関心があり、農場にいたとき路傍の馬の死体に目を奪われ、「何が生きていることをとめるのか」知りたいと思ったこともある。成長するにつれて彼は、宗教と違って明晰な科学がその答えを与えてくれるのではないかと希望をもった。のちに、ノーベル賞受賞者アレクシス・カレルとともに、手術時に用いる灌流ポンプの開発に心血を注いだのも、科学を通して有限な寿命を越える、つまり人間の「限界」に挑戦することに強く惹かれたからだ。生と死に尋常でない関心を持ち続けたのは、死すべき人間のフレームを広げ、mortality から immortality へと越えることを探求していたからだ。

実際大西洋横断飛行は、彼にとって「mortality を越えて貫く……内的な体験となった」（A 11 頁）と彼は書いている。それは彼が人跡未踏の大自然の中に一人入り込み大洋を越えたというだけではなく、疲労の極に達したときに不思議な体験をしたからだった。まる二日も眠っていなかったので、目は開いたままで意識が朦朧となったとき、機内に人間ではない存在がいるのに気づき、彼らから多くのことを教わったという。それについて彼は語らず、著書で公にしたのは三十年後だった。ばりばりの科学実証主義者であるだけに、その記述は可能な限り平静、正確を目指している。「彼らを以前からよく知っているような感じがした」、「この世では絶対知りえないことを教わった」、「自分もまた身体から離れて空間に広がった」等々、当時としては話さない方が確かに無難であっただろう。現在は、レイモンド・ムーディ Jr.博士を嚆矢とする臨死体験研究が、学問界でも市民権を得ているし、体外離脱にしても、モンロー研究所では音響効果で右脳左脳を同調させ、多くの医者や科学者に体験させているという時代である。その方面に詳しい読者はさほど驚かないだろうが、面白いのはそんな昔に、宗教嫌いで科学技術一点張りの青年が予想もしない「神秘体験」をしてしまったということだ。

そのときの描写には、「人生を通して夢を見ているのか夢を通して生きているのか……その二つのバリアを破ってしまった」（S375頁）、「人生とその向こうのより大きな領域のボーダーラインにいる」（S389頁）、「果てしない広がり、外部の不滅の存在……これは死か？私は境界を越えているのか……？すべての空間、時間を含む新しい、自由な存在への入り口か？」（S390頁）など、フレームを越える表現が頻出する。この横断飛行は彼の境遇だけでなく、彼の内部を決定的に変えたのだ。あの不思議な存在は幻想でないという絶対の確信があったので、現代科学では説明できない現象や、実在が物質に束縛されない可能性に興味を持ち、カレル博士とともに生物学実験や生命の研究を続けた。そこは「神秘と科学が出会うフロンティア、生と死を隔てる漠とした境界を越えて、人が普通に住む世界の外部を見るところ」（A134頁）だった（傍点はすべて筆者による）。傍点部を見れば、彼がやはり研究においても現フレームを越えるという、本質的には同じことを続けていることがわかる。カレル博士は驚くべき視野の広さをもつ科学者で、「物質界は人間にとって狭すぎる。個人とは肉体のフロンティアを越えて広がっている」（A375頁）と主張したが、機内での不思議な体験をもち、医学、生物学の研鑽を積んできたリンドバーグには、彼の言うことがよくわかったのだった。

理解が深まるともに、かつて没頭した医学的延命研究に興味を失い、彼は「私は死にはほとんど関心がない。多分それは人間の智慧を超えた宇宙的な（cosmic）計画の一部なのだろう」（A331頁）と述べている。死滅性というバリアを越え、生のフレームを拡大しようとした彼は、やがて生も死も含むさらに大きな宇宙的観を持つようになった。彼は遺伝子や素粒子を研究して、「おそらく意識は決して失われることはなくて、別種の形へ、ある種の遍在へと変化するだけなのだろう。人間は直感的に人生を越えた何かが存在すると感じている」（A360頁）と、人間本質の不滅性を確信していた。自分が星間物質であるかのように、異なるフレームワークで見ることを仮定して、「百万年も一瞬、百万マイルも一フィートだとしてみよう。そうしたら人間の人生をもっとよく理解でき、知覚できるのではないか?」と、いかにも地球規模で暮らしていた彼らしい発想をしている。「死は経験からの出口というより経験への入り口である」（A386頁）、「個人とはグループや国家のコンセプトのように一時的なコンセプトだ」（A378頁）、「われわれの個人性は、宇宙的な一瞬に凝縮された普遍性なのだ」（A398頁）という表現から、彼の視座が宇宙的（cosmic）規模に拡大しており、そこから見て個人という観念の薄弱さを明白に感じとっていたことがわかる。かつて捕らわれていた死滅性（mortality）とは、今彼にとってははかない自我にすぎなかった。

彼の心は宇宙（cosmos）、不滅性（immortality）に向かってフルに開いていたのである。

大西洋を越え、航空で世界を結ぶことに貢献し、次々にフレームを越えていったリンドバーグは、二十世紀の物質主義、科学万能主義のフレームを越え、人間中心主義、他の生命に対する帝国主義を越えて自然保護運動家となった。そして「人間は死んだら終わりで、人生は肉体人間に限られている」という観念をすでに越えていた。昔から彼が望んだ、どこまでも限界を越え、拡大していくということは、人間本来の存在に近づくことだということを見抜いていた。可能な限りフレームを越えて真実に近づくために、彼は最後まで飛び続けたのだ。

おわりに

一九七四年、七十二歳のとき、一生を通じて極めて壮健であったリンドバーグは、リンパ腫で入院し、最期が近づいたと知ると、「家に帰って死にたい」と主張し、しかも数ある持ち家のうち、アメリカでもスイスでもなくハワイのマウイ島にある家を選んだ。不可能だと言う病院側の猛反対を押し切って、彼はアメリカからマウイ島に飛行機で運ばれた。そして急速に衰弱していく中、葬儀から死後のこと、マスメディアから家族を守ることにいたるまで細やかな配慮をし、冷静、有能、実務的に指図していった。墓はハワイの伝統によって準備し、追悼には「唯一つの文化や宗教が真理を独占しているわけではない」ことを示すために、イザヤ書、ガンジー、ウパニシャッド、ナバホ族の祈りも入れるよう頼んだ。死を前にしてどんな風に感じているのかと家族に聞かれて、彼は「死が身近にあると感じても全く穏やかな気分だ。むしろはたで見ている君たちのほうが大変だろう」と答えた（B579頁）。子供たちは、死を恐れるどころか新しい冒険として迎えた彼の、落ち着いた安らかな最期に深い感銘を受け、「その平和、安らぎが父の最大の偉業だった」と書いている。おそらく彼は大西洋横断のときに劣らぬ冒険心をもって、此岸から彼岸へとフレームを越えて飛んでいったのではなかろうか。

〔註〕（　）内のアルファベットは次の作品を、数字は各著書の引用の頁を指す。

〔文献〕
1　S--Lindbergh, C. A.　*The Spirit of St. Louis*, St. Paul, Minnesota Historical Society Press, 1993
2　A--Lindbergh, C. A.　*Autobiography of Values*, Florida, Harcourt Inc., 1993
3　L---バーグ, A. S.『リンドバーグ』東京、角川書店、2002

空間に洗われる島
――アン・リンドバーグ『海からの贈り物』論

はじめに

チャールズ・リンドバーグの名は、一九二七年の大西洋単独横断飛行の英雄として今でもよく知られているが、彼の妻のアンの名を知る人は多くない。しかし約半世紀前に彼女が書いた『海からの贈り物』は、美しく謙虚、品格のある作品で、今も愛読され続けているロングセラーである。一陣の風のような、圧倒的に爽やかな読後感に、人は分析や思考する気さえ起こらなくなるほどだ。この作品の魅力は一体何であるのか、本書が書かれた場所である「島」のイメージに絞って考えてみたい。

小さな島にアンが一人でやって来て、海を見つめる所から始まるこの作品は、海と貝の名を持つ八つの章から成る。章の名前とページ数は次のとおりである。「海辺」二頁、「にし貝」十四頁半、「玉貝」二十頁、「曙貝」十三頁半、「牡蠣」三頁半、「あおい貝」十九頁、「少しの貝」七頁半、「海辺を後に」六頁半。各章のページ数からもわかるとおり「玉頁」と「あおい貝」の章が最も重要で、「島」のイメージに最も関連が深い。それぞれの章で、白い砂浜のように一旦空白になること、余分を捨てること、人間は本質的に一人であり、島であることを彼女は述べる。それから恋と結婚について考察し、無限を背景としてこそ個が成り立つことを暗示する。では各章を詳しく見ていこう。

一　海辺 The Beach

「海辺は仕事をする所ではない。読んだり書いたり考えたりする所ではない」（15頁）という冒頭の文で、読者はふと立ち止まり、ふっと肩の力を抜く。続いて読むうちに、彼女の描写する海のリズムに心身ともに引きこまれていく。「余りにも暖かい、湿った、柔らかい海辺」の warm, damp, soft という語の柔らかな音感が体に染み込む。この作品が読むたびに新鮮な感じがするのは、音韻と描写がちょうど海の波の音のように、頭だけでなく体全体に働きかけるからだ。海辺では、「心の鍛錬、精神の鋭い飛行」(mental discipline, sharp flights of spirit) はなし崩しに消滅してしまうとアンは言う。これはもっと速く・高く・多くといった強迫観念にとりつかれた、近代西洋文明の特徴といってよい。特にアンの夫チャールズは、意志の強い卓越した飛行家であり、sharp flights of spirit はまさしく彼の生き方そのものだ。彼に従う人生は彼女の個性が充分生かされた人生とは言い難かった。一人になって孤島に憩う今、ゆったりとした自然の中で、彼女はこれまでの緊張と無理から解放され、本来の自己を取り戻していく。

海辺でのくつろぎを彼女はこう述べる。「人は否応なく海岸の太古のリズムへと戻っていく」。「波のうねり、松風、青鷺の悠然とした羽ばたき」に溶け込み、「海辺のように何もなくて、オープンで、空っぽ（bare, open, empty）になる」。「昨日書いたものは今日の潮に消し去られ」、こちらの「意識する精神」が白紙に近づいてようやく心が再び生き返ってくる（16頁）。人は「海辺のように空っぽで、オープンで、えり好みせずに横たわっていなければならない――海からの贈り物を待ちながら」（17頁）。本の題名はここから来ている。海辺のように、人もまた作為や意図的努力を捨て去り、「何もなくて、オープンで、空っぽ」に――「空《くう》」になっていく。こうして最初の「海辺」の章は、極めて非西洋的な受身の状態、積極的な「空」の状態に読者を招き入れる役をしている。

二　にし貝 Channelled Whelk

海からの贈り物として、アンが最初に取り上げたのはにし貝である。それは住人に「捨てられた」貝で、この「仮の宿」からヤドカリが「逃げ出した」足跡が砂の上に微かに残っている。「ヤドカリがそこから出ていった広い開いたドア」という彼女の言葉には、逃亡願望が読み取れる。「この貝殻が邪魔になったのだろうか? なぜ逃げたのだろう?」と問いかけて、「私も逃げたのだ、二週間の休暇で自分の生活という貝殻を捨てた（shed）のだ」（22頁）と気づく。「逃げる」、「捨てる」がこの章の基本的なトーンだ。では彼女はなぜ逃げたのか。

この小さな貝は、「単純で、何もなくて、美しい」（simple, bare, beautiful）ばかりか、きめの細かい模様は、「創造の日のときのようにくっきりとしている」（22頁）。創造主である神と貝の間に挟雑物が何もないということだ。それに比べアンの貝殻（家）は馬鹿でかく雑然としている。彼女の「生活の形」は、彼女一人ではなく家族に規定されるからだ。その中には「夫、子供たち、ニューヨーク郊外の外れにある家、……自分が探求したい仕事」などが含まれる。そればかりではなく、「私の背景、子供時代、私の精神と教育、良心とその圧迫、私の心と願望」によっても決定されると彼女は述べる。このリストの順序に注目すると、いずれも「夫」、それから「私の背景」（親と親が与えた環境）の家族関係が最初に置かれ、最も自分自身の内奥にかかわる「自分の仕事」「心と願望」が最後に置かれていることに気づく。女性は日常生活で家族に合わせざるを得ない事が多い。特にアンの場合、夫が超有名人、親が地位と名声を備えた大富豪とあって周りの影響は強大で、真実の自分の生き方から絶えず隔てられる。だから彼女はそこから逃げて、自己の中心に向かって「螺施形に巻いたにし貝の中心の先端」のように、求心的に進みたいのだ。

「まず初めに――実際の所、ほかの願望の目的として、自分に対して心安らか（at peace）でいたい」、「自分の生活の中心となる芯（a central core）がほしい」（23頁）と彼女は言う。そこからわかるように、自分の「中心となる芯」は内的葛藤を消滅させ、自己の内部を平和にするものだ。これは彼女の最も根本的な願望である。それは「聖者の言葉を借りれば、できるだけいつも恩寵の状態で（in grace）生きること」である。「恩寵の状態」にあるときは、「外部と内部が一致して」、何をやっても「大きな潮流に乗ったように」うまくいく。このように自分が神のみ心に沿って活動できるような、「内的、精神的恩寵の状態を達成したい」と彼女は言う。だから自己の中心とは、単に自分の欲求を満たす自己中心ではなく、そこに立ってこそ「神の目から見て役立ち、人に与える」ことができる、究極的中心なのだ。この中心に到る一つの方法がにし貝の象徴する「生活の単純化」（24頁）である。

単純化することはなぜ難しいのだろうか。まず、家族があれば、小さい貝殻に身一つで住むヤドカリや隠者のように、庵で簡素な生活を送るわけにはいかない。次に、荒野の中の一軒家という状況はまれで、種々の共同体との繋がりがある。特にリンドバーグ夫妻の活動は世界を舞台とし、複雑多岐であった。しかし単純化が困難な最大の理由は女性であることだった。二十世紀の女性の生活形態は男性とは大きく異なっていたからだ。アンによれば、女性は「母親としての中心から全方向へ」、「夫、子供たち、友人、家庭、共同体へ」と常に気を配らなくてはならず、「生活の形が本質的に円形である」(28頁)。周辺へと絶えずエネルギーを注ぐのでともすれば中心を見失いやすい。問題は「女性と仕事」とか「女性と自立」の関係だけではなく、注意を分散せざるをえない女性の生活の只中で、いかにしてばらばらにならず「全体(whole)でありうるか」ということだ。隠遁することも無人島に住むこともできない以上、女性は「孤独とコミュニケーションの間」のバランス、交互のリズムを見つけねばならない、とアンは提言する。

その第一歩として、彼女はにし貝の「捨てる技術」(30頁)を島の小屋で実践する。まず衣服を必要最小限にすると、それに伴って虚栄心が捨てられる。次にラグ、カーテン、不要の家具を捨て、清掃癖と偽善を捨てる。一切の余分を捨てた簡素なこの家は美しい。「何もない中を風と太陽と松の香りが吹きぬけていく」(33頁)からだ。ここの描写にはまるで能の舞台を思わせるような清々しさがある。しかし勿論この家を自宅に持ち帰ることはできない。家族は入る余地がないからだ。そこで彼女は単純化された生活を象徴するにし貝を持ち帰り、「いかに少ないもので暮らしていけるか」を尺度とする決心をする。「まず外面から始めよう。……外面は手がかりを与えてくれ、内面の答えを見つける助けになる」と彼女は言う。この言葉は「まず形より入る」という日本的な鍛錬方法を思わせる。こうしてにし貝は、単純化によって「内部へと渦巻く思考の螺旋階段」（35頁）へ彼女を旅立たせる役目を果している。

三　玉貝 Moon Shell

この章は美しい自然描写に溢れ、本書の中で最も印象的で、読者に強く訴えかける。玉貝は「ピンの先のような中心、小さな黒い芯、目の瞳孔へと内に渦巻く」螺旋模様を特徴とし、同心円の中心のイメージをもつ。この貝は「無限に広がる波の輪の中にあって、一人で、自己充足して、晴朗な」（40頁）島を思わせる。何マイルもの水に回りを囲まれた島は、外部からの侵略の無い自由空間だ。それはまた「時間における島」でもあって、過去や未来から自由であり、生き生きとした純粋な現在だけをもつ。島で暮らすときは「あらゆる一日、あらゆる行為が島であり、時間と空間に洗われて、島特有の完全性をもっている」。ここでは人間も島のように、互いに他の人の孤独を尊重し「その岸辺を侵略することはない」。

十八世紀の詩人ジョン・ダンは、「何人《なんぴと》も島にあらず」、人は大陸の一部であってみなつながっているのだと、人間の連帯を歌った。一般に男性は独立した一個の存在とみなされ、他とつながりにくく、それぞれ孤島になりやすい傾向がある。ところが女性はそれとは反対に、人間関係の中に自己を喪失しやすい。男性なら当然とされる自主独立性、自分の時間や場所、ヴァージニア・ウルフの言う「自分自身の部屋」を、女性は手に入れにくい。だからこそアンは「私たちはみな島だ――共通の海の中の」（40頁）と主張する。この言葉が意味するのは、女性は母親、妻、家政婦、介護人等、家庭内での諸々の役割にのみ分割される装置ではないということだ。女性は大洋の波に翻弄される一片の木っ端ではなく、本当は波を受けても揺らぐことのない一つの島全体であり、確固たる一個の個人なのだ、但し島といっても、「共通の海」つまり人間関係を否定しない。

島を称える玉貝の章で最も強調されるのは、「一人（alone）」、「孤独（solitude）」ということである。人間は孤独を恐れ、様々なものでごまかそうとするが、孤独とは「寂しさ（loneliness）」、「空虚（void）」、「空白（vacuum）」ではない。アンはリルケを引用して、「私たちは結局の所一人だ」ということは、選択の余地のない事実だという（41頁）。実際、島に来て一人になると、海辺の島や海、砂、大気などの自然に触れ、彼女は生き返ったかのように感じて、「私はそれと調和し、宇宙の中に溶け込み、その中に自分を失った。ちょうと大聖堂の見知らぬ群衆から湧き起こる賛美歌の詠唱の中に溶け込むように」（43頁）と書いている。それればかりか、一人になり

「自分の芯につながって、初めて他の人たちとつながる」こと、自分の芯は「孤独をとおして再発見される」ことに気づく。つまり、「一人」になり「芯」とつながることは自然や人々と深いレベルで親しむこと、それればかりか「宇宙の中に溶け込み自分を失う」ことなのである。それは、大聖堂の賛美歌の比喩からわかるように宗教的感情に近く、無限の中に融合することだ。自己の芯を確保することが無限への自己融解であるとは、何という逆説だろうか。

女性の自己の芯は、孤立しがちな男性の芯とは異なるのだろうか。女性は「子供や男性や社会の永遠の養育者」であり、「本能的に与えようとする」（45頁）とアンは言う。確かに出産・授乳という、専ら他者のために機能する器官を体内に持つ女性は、生理学的には「与える」属性が強いと言えるだろう。しかし育児と家事労働で短い人生が終わる時代は既に過去となった。アンの執筆当時に限らず二十世紀は、仕事に収斂する男性と違って、女性はたとえ仕事を持っていても家庭のことを負担させられ、種々な雑事に散逸し、自分を見失いやすかった。だから女性はどうしても自分の「芯」を見出す必要があったのだ。アンは次のように提案する。――働く人は誰でも最低一週間に一日休暇があるのに、家事に追われる女性にはない。まして一人静かな時間を過ごす機会など皆無である。皆そんなものだと思っているから、孤独の時間を持とうとも思わない。誰でも定期的に孤独のひとときを持つことが当然と思われるようになれば、自分の本質を、「芯」を見つけることができるだろう、と。にし貝の章で、様々な人間関係に関わる女性の生活形態は円形だと彼女は述べた。円の中心をアンは「人間関係、義務、活動の回転する輪の中の、静止した軸」に喩えて、孤独は「自分自身の部屋」や一人の時間のように、その軸を見出す一手段であり、軸を見つけることは「魂を養う」(feed the soul)(51頁)ことだと主張する。自己の「芯」は生活面の「軸」に相当する。

では男性についてはどうだろうか。アンは日記の中で男性の生活の形は直線だと書いている。確かに彼女の夫をはじめ、仕事に打ち込む男性が多いことを思うと、男性の生活は直線的だといえよう。彼女はそれ以上述べていないが、円は家族、人間関係、生活全体、感情を、直線は自己が選んだ仕事、目的、論理を象徴している。直線と円は相補的に支え合うが、男女に二極化してしまうと、互いに人間としての全体的な発達を阻むことになる。女性の方が問題を顕在化しやすく、直線を渇望して男性と同じ権利を求めたが、女性が円を捨てて直線化することは問題解決にはならない。そうではなくて、女性は直線を、男性は円を回復し、男女とも両方を備える必要がある。種々の人間関係に分断され、ばらばらになった円が好ましい人生ではないように、会社人間や企業の使い捨てのパーツとなって、人間らしさを失う単純直線の人生も、振り返れば甚だ荒涼としている。人間が分割された部分にすぎないというのは奇妙な人間観である。これまで女性が雑事に個を分割されてきたように、人間は誤った観念の男性性・女性性に分割されてきたのだ。男女に係わらず「芯」のある人生は、個人差はあっても直線も円も含むのである。

とすれば、孤独は女性ばかりでなく男性にも必要である。孤独は人の注意を内面に向ける。企業戦士の幻想は崩壊し、男性もまた内面に向かわざるを得ない時代となった。「この変化は現代の外向的、活動的、物質主義的西洋人にとって新しい成熟の段階となるだろう」（58頁）という彼女の予言は、既に実現し始めている。直線と円、外面と内面の両方を供えるとき、初めて人間は真の成熟に向かう。この真に成熟した個の象徴が「無限に広がる波の輪に囲まれ、一人で、自己充足して、晴朗な島」である。島は天と地の間にあって回りを無限の海に囲まれている。「島である私」とは「宇宙の中の私」であり、自己の本質である。「島」とは揺らぐことのない芯をもつ自己であり、同時に人間関係の円の中心、軸である。その軸に立てば人は大自然、宇宙の中に溶け込むことができる。静かな島で果てしない海を見ながら、アンがこの貝に読みとったのは、「島」に表象される、個としての人間の不可侵性と、同時にそれが無限へと直結しているということだった。

四　曙貝 Double-Sunrise と 牡蠣 Oyster Bed

島のように不可侵の個であるとしても、人はみな恋をする。それをアンは曙色の貝に喩えた。「この貝は贈り物で、自分で見つけたものではない」（63頁）という最初の一行は、まさしく恋の本質を言い当てている。「恋に落ちる」と言うように、恋は身に降りかかるもの、与えられるものだ。彼女がもらった曙貝は、蝶の羽のように対称的で、半透明の白にばら色の三本の線が朝日の光線のように広がっている、美しい二枚目である。それはきわめて繊細で脆く砕けやすい。恋する二人が対称に結ばれ、ばら色のひとときを経験する恋の喩えとして、これほどぴったりの貝はない。人は恋の始まりの純粋な関係が永遠に続くことを願い、往々にして変化を嘆く。しかしアンは、春の後には夏を迎えるのが自然なように、二人の関係も次の段階に移るのが人生の当然のプロセスだと言う。

では恋は単に一時的現象にすぎず、それ以上の意味はないのか。恋に見られるような、互いに相手のことだけを思う「純粋な関係」(69頁)に心引かれない人はいないだろう。アンは、生活の中でそういう瞬間を求めることは自然だが、ただそれが永続することを願ってはならないと、次のように主張する。「永続する純粋な関係というものはないし、あってはならない」(73頁)。「真実か虚偽かは持続性で決まるのではない」。蜻蛉の一日も蛾の一夜もそれぞれに意味があり、時間の長さとは関係がないように、恋は「すべて美しくはかないものの永遠の真実性」(76頁)を表している。この文章には、移ろいゆくからこそ却って瞬々が美しいという、日本的な審美感に近いものがある。これは一見はかなげに見えるが、実は非常に力強い、無常をおそれぬ毅然とした観点である。移ろいゆく曙貝の段階と異なり、子供を育てていくその後の結婚生活は「関係の持続性」（79頁）を必要とする。結婚中期を表す貝に、アンはでこぼこと不規則に広がった形の牡蠣を選んだ。岩にしがみついたその様は、この世の場所を確保する一家の姿を思わせる。美よりも機能を第一とする牡蠣は無様で醜いが、その粘り強さ、心地よさ、馴染んだ感じは好ましいと彼女は述べている、

執筆当時この段階の只中にいたアンは、しかし突然問いかけるのだ、「でもこれが結婚の永続的なシンボルだろうか」と。居場所も確保し、子供も巣立ち、親の役目を終えたあと、牡蠣のように「生活、場所、人々、物質的な環境や蓄積に執着する必要があるのだろうか」（83頁）。かといって曙貝の狭い世界には戻れない。大胆にもアンは、中年は「貝の殻を捨てる」時期だと言う。「野心の殻、所有物の殻、自我の殻」を捨てると「やっと完全に自分自身になる。それは何という解放だろう！」若さ至上主義のアメリカ人は、中年以降を衰退と見なすが、中年期は実は人生の「午後の開花」、「二番目の成長」（86頁）の時期だと彼女は言う。思春期の成長と同じく、中年期の成長にも不安が伴う。不思議にも人はそれを「老衰」と見なし、回避しようとする。しかし殻を捨てて初めて「自由に精神的成長（spiritual growth）ができるようになる」（88頁）と彼女は主張する。

美しい曙貝を捨て、居心地のいい牡蠣を捨て、殻そのものも脱ぎ捨てる——にし貝の章の「捨てる」思想はここにいたって、家や生活という物質面だけでなく、自己の内面にまで及んでくる。

人間の成長にとって人生の後半が重要であることは、C・G・ユングが既に指摘していたが、「殻を捨てる」ことについてここまで踏み込んだ女性はいなかった。殻を捨てる、家を捨てると言えば、「出家」という言葉さえ連想させるが、それはどんな形の人生だろうか。彼女はそのヒントをあおい貝という貝に見出した。

五　あおい貝 Argonauta

あおい貝は実際に殻を捨てる珍しい貝だ。それは「殆ど透明で、ギリシアの円柱のような繊細な筋があり、水仙のように白い」(92頁)、羽根のように薄い貝である。しかし貝と呼ばれる部分は実は子供を育てるゆりかごのようなもので、子供が巣立つと捨て去られる。だからあおい貝の本体は、殻に縛られない生物なのだ。この貝のように人が殻を捨て、個となり自分自身となるとき、人間関係はどうなるだろうか。アンによれば、この段階に来て初めて「人間として十全に成熟した二人の出会い」(93頁)があり、「従属、支配とか所有、競争といった伝統的な型に縛られない」男女関係が可能となる。真の意味で自立した人同士は、癒着や萎縮のない「二つの孤独の出会い」となり、互いの距離のおかげで「広大な空を背景に相手を全体として見る」(98頁)ことができる。注目すべきなのは、ここで述べられているのが、恋人、家族、組織、共同体、社会の中における個人ではなく、「広大な空」つまり無限を背景とした個人と個人の関係だということだ。それが殻から解き放たれたあおい貝の本質である。しかし残念ながら、そのような人間関係はまだ現実にはほとんど存在しない。ここからは先例のない領域である。けれども島で一週間一人暮らしをした後、彼女はあおい貝の片鱗を思わせる経験をする。それは途中からやって来た彼女の妹と、二人で過ごした一週間の島の生活だった。望ましい人間関係の本質を探る上で参考になるとして、彼女は二人の暮らしを次のように紹介する。

姉妹は朝目覚めると、水浴と朝食を済ませ、執筆に没頭し、昼食後に海辺を歩く。そのときの描写には圧倒的な魅力がある。「黙って（in silence）、けれども、前方の磯鳴が、耳には聞こえない内部のリズムに合わせたバレエダンサーの群舞のごとく動くように、私たちも調和して（in harmony）海辺を歩いた」。余分な思いは消えうせ、二人は「非個人的な（impersonal）海、空、風に再び満たされる」（101頁）。自分という個我の発する雑音、つまり感情や思考は大自然に洗い流され、沈黙と調和のうちに二人は自然に満たされ、自然と一体化していく。夕べのひとときは火の前で談話を楽しみ、寝る前に海辺に出て星空の下を歩く。砂浜に寝転がると、夜空は満天の星であり、見ている自分まで引き伸ばされ拡大されて、その中に星が流れ込んでくる。「これこそ人が渇望するもの。瑞々しい潮のように自分の中に流れ込んでくる、星でいっぱいの夜の壮大さと普遍性を人は渇望するのだ」（102—103頁）。心が洗われるようなこの一節には、読者に息もつかさず読み進ませる美と迫力がある。

しかし人はいつまでも広大な自然と融合したままでいることはできない。生身の人間はそれに耐えられるほど強くない。飛行によって人跡未踏の大自然を経験したアンは、そのことを熟知していた。「無限の空間、無限の闇は私たちを縮み上がらせ、小さな人間的な灯りを求めさせる」と彼女は言い、「小さく、安全で、暖かい」小屋の灯りを、「暗闇の巨大な渾沌を背景とした、人間のマッチの光」(103頁)と呼んでいる。その小屋に戻って、充実した一日を過ごした二人は、幸せな子供のようにぐっすりと眠る。ここで重要な要素は、大自然の中で無心になれること、自己の存在が脅かされない小屋があること、この両方だ。どちらが欠けても人は無限の自然と交流できない。したがって成熟した人間関係の第一条件は、自然に接して個我を開放、浄化できること、それと同時に自分の居場所としてのシェルターをもつことである。

次に、この経験が夫とではなく、妹との一週間であることに注意しよう。有名人の妻という公的立場のプレッシャーも、夫から受けるプレッシャーもなく、そこにはただ「楽な、強制されないリズム」だけがある。アンと妹は「本能的に同じリズムで動くので」、互いに軽く触れ合うだけでよく、「所有しようと掴んだり、腕でしがみついたり、手で押さえる」という必要がない。この表現は、アンが日頃いかに強制され、押さえ付けられていると無意識に感じているかを語っている。当時、大統領をもはるかにしのぐ、偉大な英雄とされたチャールズ・リンドバーグの妻ともなれば、公務に関わる圧力の厳しさは想像を絶するものであった。周知のように、二人は一歳半の愛児を誘拐され殺害されるという悲劇にさえ見まわれた。激務に振り回されるさなかに在って、静謐な島のように本来の自己であろうとすることは至難の業であったはずだ。その上公務を離れても、並外れた能力の夫のそばでは、その猛烈なリーダーシップのもとでのプレッシャーは大きかった。だが妹との島の一週間は、プレッシャーから自由な人間関係を経験させた。したがって、成熟した人間関係の第二の条件は、互いに抑圧せず調和できることだ。

しかしあおい貝は、さらに重要なヒントを与えてくれる。人はともに「より大きなリズムに同調し」、「共有と孤独、親密さと抽象、特殊と普遍、近くと遠く」の間を行き来できるのが自然だ、と彼女は述べる（106頁）。それを可能にするのは二人が自己を委ねうる広々とした自然だった。この島にいて海を見ていると、より大きなリズムに同調できるようになり、引潮も満潮も含めて永遠を感じさせられる。潮も人生もすべての周期にそれぞれ意味があると納得できる。「海は永遠に引いては満ちる」（110頁）と、アンはこの章を結んでいる。ここから明らかなように、望ましい人間関係の第三の条件は、人間が大自然、世界、宇宙と呼ばれる、人知を超えた大きな存在を信頼することである。

殻を捨て去り、一人大海に漂っていくというあおい貝のイメージに、人は不安を感じるだろう。それは「海は永遠に引いては満ちる」という巨視的な人生観に、私たちがなじんでいないからだ。

ところが、今のように個人の視点から見る近代思考は、実はほんの短い時のプロセスしか経ておらず、世界や宇宙に主眼を置く人生観のほうがはるかに歴史が長い。例えば古来インドには、四住期というライフサイクルの考え方がある。人生には学んで成長する学生期、家庭をもち社会で活動する家住期、森に入って悟りを学ぶ林住期、この世の執着から自由になる遊行期の、四つの周期があるとされる。この考え方によれば、現代人は二番目の家住期というライフサイクルの前半で人生を終えてしまっている。たった前半分しか生きていないのである。アンがあおい貝に寄せて述べているのはその後半、人としての重要な完成期だ。前半しか存在しない二十世紀アメリカで、林住期以降を詩的に叙述したアンの洞察力にはただ驚くしかない。人生の「午後の開花」や四住期という考え方は、前述の自己を超えた大きな宇宙観を前提とする。人がそれに触れる時、それは疑う余地のない、揺るぎない体験として訪れる。「無限に広がる輪に囲まれた島」でそれを体感したアンは、あおい貝によせて、無限を背景としてこそ人間は真に個たりうることを語っている。

六　少しの貝 A Few Shells・海辺を後に The Beach at My Back

休暇は終り、少しの貝を持ってアンは島を去ろうとしている。「少なければそれだけ美しい」、

「一個の玉貝は三つの玉貝よりも素晴らしい」(114頁)と彼女は言う。だから一種類の貝は一つでよい――ちょうど空間に囲まれた島のように。彼女の言葉は、一輪の朝顔を残してすべてを切り払った千利休の逸話を思い出させる。「空間に縁取られて初めて美は花咲く」。「何もない空を背景として見るとき、一本の木は深い意味を持つ」。「片隅に二、三本の秋草を描き、あとは空白のままの東洋画のように、空間に洗われるとき、小さなさりげない物でも深い意味を帯びる」(115頁)。こういう感性は、日本人には伝統的にすっと通じるだろうが、アメリカ人がこれを書いたという事実に今もって目を見張らされる。この「一つであること」、「空間に洗われること」が、アンが体験した島の本質なのだ。逆説的に、島という限られた場所にいる方が、否応なく空間を与えられる。島では地理的、物理的、また通信上の制限のため、恣意的選択の余地がない。人も物事も自然によって数が限られ、「十分な時空間に縁取られる」からだ。そのため却って思いがけないもの、未知のものに出会うことができ、一瞬一瞬の意味の密度が高い。

アンは触れていないが、この島の制限性と無限の海は、表裏一体である。ただ一つの島という限られた空間だからこそ、狭雑物がなく、無限の空間に洗われるのだ。ちょうど大自然の中の小屋にいて初めて自然の広大さが実感できるのと同じである。反対に無制限の人工物がひしめく都会では、ネオンとダストで星が見えないように、人は宇宙の壮大さを感じることができない。だから島の視点は真実の物事を見るレンズとなる。問題は、島を去り、家に帰って現実の中で、

「どのくらいこの壮大な惑星的意識を実行できるか」（124頁）である。だが巨視的視点といっても、たいそうな抽象概念や主義ではなく、むしろ「ここ、今、個人とその人間関係」にこそ焦点を合わせるべきだと彼女は言う。日々の瞬々が尊い、かけがえのない「ここと今と個」（126頁）であり、「黄金の永遠」（127頁）を宿している。これは「空間に洗われた」ものは一つ一つが美しいという、「島の教え」（island-precepts）にほかならない。「ここと今と個」こそ「私たち自身の中心」であり、永遠性に触れうる中軸である。どこにいようと、自己の中に島を内在化し、島のレンズを我が目とすること——これがアンに対する海からの贈り物である。

おわりに

飛行機が発明されて人間が空を飛び始めたのも、登攀不可能と思われる山頂を目指し始めたのも、二十世紀初頭である。人は二十世紀になって、これまで行くことができなかった領域に行き始めたのだ。勿論それは科学技術の発達によって人間の行動範囲が拡大したということでもある。同時にそれは、これまで自然とともに暮らしてきた生活が急速に人工化され、人間の世界から野性が失われていき、人が精神的に野性を求め始めたということでもある。そして何よりも、人間が単独で大自然に接する、「宇宙の中の私」体験を求める段階に来たということだ。航空技術の発展に大きく貢献したチャールズ・リンドバーグは、大空の自由と、野性の自然を愛し、後年は強力な自然保護運動家となった。八千メートル級の山々に酸素ボンベなしに登った天才登山家ラインハルト・メスナーは、大自然の中に溶け込む登山に魅せられ続けた。アン・リンドバーグは孤島で自然と一体化する経験をし、『海からの贈り物』を著した。彼らはみなそれぞれに、「空間に洗われる島」である自己を体感したのだ。他にも多くの人が、自己とは無限に繋がっている存在であるということに気づき始めた。月表面から地球を見た宇宙飛行士たちの経験も、その大いなる一例だった。

「私たちはみな島だ——共通の海の中の」とアンが書いたように、人は不可侵の個であり、同時に無限へと開かれている存在である。そのことを体覚するとき、人は物質、自我、他者への依存という殻を捨て、あおい貝のように大洋に旅立つ。アンの描いたあおい貝とは、宇宙の中の自由な島なのだ。一人の女性の、孤島での二週間の休暇をもとにして書かれた、静かな美しい小品は、実はこのような巨大なヴィジョンを秘めていた。海辺を吹く風が、アンという堅琴を鳴らして奏でた調べの深さゆえに、この作品はいつまでも読者を引きつけてやまないのである。

〔註〕文中の（　）内は文献1のページを指す。

〔文献〕
1 Lindbergh, A. M. *Gift from the Sea*, New York, Random House Inc., 1997
2 Lindbergh, A. M. *War Within and Without*, New York, Harcourt Brace & Company. 1995
3 Hertog. S. *Anne Morrow Lindbergh: Her Life*, New York, Anchor Books, 1999
4 Lindbergh, A. M. *North to the Orient*, New York, Harcourt Brace Jovanovich Publishers, 1963
5 Lindbergh, A. M. *The Flowers and the Nettle*, New York, Harcourt Brace & Company, 1994
6 バーグ S『リンドバーグ――空から来た男』、東京、角川書店、2002

住処と星——サン＝テグジュペリ『人間の土地』試論

はじめに

『星の王子様』の著者、サン＝テグジュペリという飛行士は広く知られている。彼が生まれたのは一九〇〇年である。チャールズ・リンドバーグの生誕は一九〇二年。ライト兄弟が飛行に成功したのが一九〇四年。欧米で飛行熱が高まり、やがてリンドバーグが大西洋単独横断飛行を成し遂げるのが一九二七年である。そのころ多くの人が、生命の危険を承知で空に惹かれ空を飛んだ。地表から空へ、それまでの世界から新しい世界へ、飛び出したいという人間の欲求が、当時は特に強かった時代なのだろうか。ちょうど十五世紀の新大陸発見の時代に、ヨーロッパから多量の船が出帆したときのように。そのとき船乗りたちは世界が丸いことを知り、ヨーロッパ以外の地域が搾取できることを知った。では大空から地表を俯瞰し、短時間で大陸間を飛び、世界をつなぐ飛行士たちは何を発見したのだろう。中でも危険をものともせず、雄弁にその体験を綴ってくれたサン＝テグジュペリ（以下サンテクスと略す）の、魅力的な著作『人間の土地』を見てみよう。

一　牢獄と星

郵便飛行機の操縦士として、サンテクスがアフリカまで初飛行を命じられたとき、空を飛ばない人々——というより、正確に言うと、狭い生活に閉じこもり、人生の可能性を窒息させ、自己を十分に生きていない人——は、何とも悲惨に思われた。彼は飛行場に向かうバスに乗り合わせた人々を眺める。彼らは書記、税関吏、主任などの事務員だ。そのサラリーマンたちの話を小耳にはさむと、それは「病気、お金のこと、世帯の苦労」についてであり、「自らを閉めこんだ生気のない牢獄の壁」を示していた。その牢獄から、ついに何ものも彼らを「逃して（évader）はくれなかった」のだ。それは彼らが「白蟻のように光明へのあらゆる出口をセメントでむやみに塞ぐことで」作った牢獄である。彼らは「自分のブルジョア流の安全（sécurité）と習慣（routines）のうちに、自分の田舎暮らしの息づまりそうな儀礼のうちに、体を小さく丸めてもぐりこんでしまった」。彼らは「風に、潮に、星に対して、このつつましい保塁を築いてしまった」。「彼らが作られている粘土は乾いて、固くなってしまっていて、今後内部に宿っていたかもしれない眠れる音楽家を、詩人を、天文家を、目覚めさせることは絶対にできなくなってしまった」（20頁）。

この下りを読んで全く身に覚えのない読者がいるだろうか。今の生活から解き放たれ、大きく外部に向かって広がりたいという願望が、微かでも湧かない人がいるだろうか。誰しも心の奥に、解放、飛翔、開放、成長の欲求を備え持っている。だから、この文章は読者を初々しい操縦士の飛行に引き込むのだ。サンテクスは誇らしい緊張のうちに、飛行が「一つの世界を開いてくれる」のを、やがて「黒い龍と青い稲妻を王冠のように戴いた高い峰々に直面する」のを待ち望む。その世界の中で、「夜ともなれば星々の間に自分の道を読み取るだろう」。現代のように航空術が発達し、いわば「実験室に閉じこもって」計器の数字を読み修正するような操縦とは異なり、サンテクスの頃の飛行は危険度が高かった。飛行機自体も原始的で、操縦士は風、雨、寒気など大自然にもろに晒された。無線の連絡もきわめて不充分で、連絡が絶え、「現実の世界の限界から飛び出してしまい」、もう戻れないと覚悟した空の旅も幾度もあった。そういうときは「唯一真実の、僕らの遊星、親しい風景、懐かしい家々、僕らの愛情をいだく遊星」（25頁）を求めて、星と闇の中を進み続けるのだった。

それでも飛行士たちは空を飛ぶことを愛した。飛行には何ものにも代えがたい喜びがあったからだ。たとえば、場所も方向も見失って、すでに生還のチャンスが極めて少ないというときに、カサブランカ飛行場から遅れて無電が届き、それが「貴殿が格納庫の近くで方向転換したのでパりに懲戒を申請した」という小役人の小言だとわかったとき、彼は思いもかけず「突如喜びを感じ」、「ここ天外では僕らは自由だ」(Ici, nous étions les maîtres…)(27頁)と実感する。彼は、「牢獄」の人生を送る人々をよく「白蟻」や「奴隷」にたとえるが、空を飛ぶときはその反対に人は「自由(主人、統率者)」なのだ。それは個人の恣意的な自由ではない。飛行は職業であるから任務があり、多くの人の郵便物を届けるという責務は重い。その「職業の強制する必要が、世界を改変し、世界を豊富にする」のだ。「自分の耕地の見回りをする農夫が、様々な兆しによって、春の近づきを、霜の脅威を、雨の催しを見て取ると同じく」、職業操縦士も自然界を眺め、「自分の郵便物を、山、海、雷と名のつく、この三つの劫初以来の神々に対して争う」(30頁)。農夫が自然と耕作によって支えられるように、操縦士は天地と職務によって支えられ、無意味な鎖に縛られてはいない。牢獄から自由であるとはそういう意味だ。

なぜサンテクスは、ほとんどの人間が住む所は牢獄だと痛感したのか。牢獄で一生涯を過ごす者にはそこが牢獄だとはわからない。脱獄して初めて牢獄だったとわかるのだが、何しろ脱獄する人はごく少ないのだ。彼の言葉を借りると「道路は不毛の土地や……砂漠を避けて通る」。道路から離れ、地表から飛び立つまで「僕らは長い間自分たちの牢獄の姿を美化してきた。この地球を、僕らは、湿潤なやさしいものとばかり思い込んできた」。しかし「飛行機のおかげで僕らは直線を知った。僕らは……道路を棄てる」。そして大空の遥かな高さから、「地表の大部分が岩石、砂原、塩の集積」であり、人間の住む場所が「廃墟の中に生え残るわずかな苔」（55頁）のようにちっぽけなものだという事実を発見する。例えば世界最南端の市、プンタ・アレナスは、空から見れば、「原始の溶岩と南氷洋の氷との間に、かりそめの僅かばかりの泥をたよりに存在している」にすぎない。幾つも連なる噴火口のすぐ近くにあるこの町は「住みうる時間が、地質学上の一時代、多くの日のうちで祝福されたほんの一日の短い時間に限られている」。「何とはかない舞台……」、「まだほとぼりも冷めきらぬ溶岩の上に、かりそめに住みついたかと思うと、早くも次回の噴火の砂に、雪の猛威に脅かされている人間」、その文明は「脆弱な鍍金でしかない」(58頁)。大自然の悠久の中にあって、人間の住処がいかにはかないものであるかを、飛行士は目の当たりに見る。

さらに人間のはかなさを教えるのは、空から見る空間的把握だけではない。飛行士は飛行、移動が日常である。サハラの操縦士として、幾年も故郷に帰ることなく働き続けたサンテクスは、町の定住生活からは遠く隔たっていた。砂漠における三年間が彼に孤独の味を教えた。砂漠では自分が年を取ることは気にならない、と彼は言う。ただ「自分から遠い所で」世界全体が年を取っていく感じがする。果実は熟し、麦は芽吹き、女たちは妙齢となり、「季節は進む、そして自分は遠い所に留め置かれる」。「時間の流れは普通、人間には感じられない。彼らはかりそめの平和のうちに生きている。ところが僕らにはそれが感じられるのであった」(76頁)。彼はそれを夜の闇の中を行く急行列車の旅客にたとえる。旅客は車窓の外に現れては消え去る灯影が見えるばかりで、外界を捉えその中に入ることができない。ちょうどそのように、砂漠と空の旅人ははかない地上の定住生活を外部から見るばかりだ。両者が異なる時間系列に属しているかのように、永遠の星々を信号とする砂漠と空の世界から、サンテクスは人間の住処の「かりそめの」平和を、つまり人間世界のすべては移ろい消え去りゆくことを、否応なく見つめる。このはかなさ、諸行無常の中に泡のように消える人生、気づかぬままそこに閉じ込められている人生を、彼は牢獄と呼ばざるをえなかったのだ。

読者が彼の著作に魅せられるのは、この牢獄からの解放の糸口を与えてくれるからだ。たとえば彼は、日常生活の中で人々が失っている俯瞰の視点を与え、「宇宙的な尺度」(55頁)で生き生きと世界を描いてくれる。「何県の何町に住んでいる」と思っている読者に、「僕らは一個の遊星の上に住んでいる」と彼は呼びかける。それは観念でも理念でもなく純然たる実感だ。サハラの縁に点在する「円錐形の底部の形をした丘」に不時着した彼は、「いまだかつて一度も、獣類にも人間にも汚されたことのないこの土地」、「劫初の初めからただの一本の草も生えたことのないこの北極の氷山のようなものの上で」、輝き始めた一つの星に眺め入る。「この純白の地面は、ただ星々の前にだけ、幾千万年以来捧げられていたのだ、澄んだ空の下に広げられたしみ一つない卓布」(61頁)。そのとき彼は二十メートルほど先に黒い一つの石を発見する。胸をどきつかせながら拾いあげると、それは「涙の形をした、金属のように重い、拳大の黒い一個の隕石だった」。「星空の下に広げられた卓布の上には、星の粉しか落ちてこない。もっと他にも落ちたはず」と推測した彼がさらに探してみると、およそ一エクターに一個の割合で隕石を拾い集めることができた。こうして彼は「千万年を一瞬に圧縮して」悠々たる星の大雨を眺める。余りにも印象的なこの場面は、我々が星々に囲まれた地球の上にいることをありありと実感させてくれる。永遠なる星々、悠久の宇宙にふと思いを馳せるこのとき、読者は牢獄からいっとき解放されるのだ。

二　人間のつながり

サンテクスが惹きつけられたのは、砂漠、星空、人跡未踏の野性の自然という、無人の空間ばかりではなかった。そういう領域で航空路線を築いた勇敢な僚友たちとのつながりを、彼は心から愛していた。第二章「僚友」では三つの話が語られる。初めは、常に最前線を開拓し、十二年後に消息を経ったメルモスと、他の僚友たちへの賛歌だ。「パリからサンチャゴにかけて散り散りになって働く」仲間を、彼は「職務上の一大家族の散在するメンバー」と呼び、「ある一つの職業の偉大さは、それが人と人を親和させる（unir des hommes＝人間たちをつなぐ）点にあるかもしれない。真の贅沢とは、唯一つしかない、それは人間関係の贅沢だ」（35頁）と言い切っている。次に、そうした人間のつながりを鮮明に感じさせてくれた、印象的な砂漠の一夜の話がある。ある日彼は機の故障のため僚友たちと砂漠に不時着した。当時サハラでは不帰順モール人が匪賊となってヨーロッパ人を攻撃し、不時着した飛行士たちが虐殺されることもまれではなかった。そこで彼らは空き箱を円形に並べ、一本ずつ小さな蝋燭を灯し、「砂漠の只中に、地球の裸の生地の上に、世界の初年のような人気無さの中に、一つの人間の村を作り出し」、「これが最後になるかもしれない徹夜を始めた」。「風と砂と星々」の他には何一つ持たぬ彼らは、思い出を語り、冗談を言い、歌いあい、「祝祭が与えるあの晴れやかな感激」を味わい、「目に見えない財宝を分かち合った」。人々はお互いに親しいと思って暮らしているかもしれないが、実は各々の世界に閉じこもっていたり、馴れ合いの意味もない言葉を交わすだけだったりする。しかし一旦危険に直面すると、人はお互いに「一つの協同団体（une communauté）の一員」であることを発見し、他人の心に触れて自らを豊かにする。「そのとき、人は似ている、海の広大なのに驚く解放された囚人に」（37頁）。

また彼が本書を捧げた僚友ギヨメが、冬のアンデス山中で遭難し奇跡の生還をした最後の挿話を、読者は忘れることができないだろう。氷点下四十度の中、ただ一人機体の下で二晩待ち、五日と四晩歩くという「どんな動物もなしえなかった」ことをギヨメはやった。読者の心を打つのは、彼にそうさせたのが強烈な生存への欲望ではなく、人々への愛だったという事実だ。凍傷は悪化し、次第に体力も気力も失い、ただ眠りたいとだけ感じる氷雪の中で、「妻や僚友は僕が歩いていると信じている、信頼している。それだのに歩かなかったりしたら、僕は意気地なしだ」という思いだけが彼を歩かせた。いよいよ希望がなくなったとき、「失踪の場合、法律上の死の認定は四年後になる」、少しでも早く発見され、保険で妻が窮乏から救われるようにあの岩まで歩こう、そう決意して歩き、ついに救助された。自分一人ならば楽な道を選び、眠って凍死していたに違いない。人のためにこそ苦難を乗り越えようとする力が引き出されるのだ。心の底の底で人間を支えるのは他者への愛であるということを、彼の体験は克明にわからせてくれる。ギヨメの偉大さは、自己、職務、待っている人々に対する責任を持つ所にある、とサンテクスは言う。「人間であるということは、とりもなおさず責任を持つことだ。……自分の石をそこに据えながら、世界の建設に加担すると感じることだ」（48頁）。

さて以上の三つの例には共通するものがある。それは死が間近に迫る状況の中で、いっそう人間のつながりの深度が理解されるという点だ。第一の例では、操縦士たちの友愛においては、彼らがサラリーマンの牢獄から自由な僚友であるというだけでなく、彼らがいつ不帰の人になるかわからないという脅威によって、互いの生還と友情の尊さが絶えず鋭く感じられる。第二では、不時着した乗組員たちは、夜明けにやってくるのが救助か虐殺かわからないと覚悟して、完璧な人間のつながりの一夜を体験する。何の危険も無い不時着ならば、ここまで心を開いたひとときを共有することはなかっただろう。第三では、ギヨメは絶体絶命の状況に陥って初めて、人々や仕事と自分が深く結ばれていること、他者への愛と責任感が最重要であったことに気づく。これらの例が示すように、人間は死を目前にして、自分という一個の人間が消滅する極限まで来て、ようやく自我という牢獄が破れるチャンスを持つらしい。牢獄から出ると、自分という存在の核心が他者と深い愛でつながっていること、それこそが生きることの本質であり、人生に意味を与えるものであることに気づくのだ。飛行士たちは常住そういう危険に、つまり気づきのチャンスに晒される人々であった。

三　遊び

危険は飛行だけに限らず、砂漠自体にもあった。生き物を拒むこの苛酷な砂の堆積の上で、不時着して発見されなければ、まもなく間違いなく骸となる。その上当時、孤立した各哨所のフランス人と不帰順民は戦闘を繰り返しており、砂漠は烈しい脅威に満ちていた。「そのくせ僕らは砂漠を愛したものだった。一見、砂漠は空虚と沈黙にすぎないかもしれないが、それは砂漠が日の浅い恋人には身を任せないからだ」。身を捨ててこちらからその中に踏み込んで行き、内部に触れなければ何もわからない。「人間の帝国は、心の内部にある」(77頁)。彼が愛したのは物理的砂漠もさることながら、そこに見られる「心の内部」の「人間の帝国」であった。いつ死が降りかかるかわからない「この脅威が僕らの心に気高さを取り戻してくれ」、「砂漠を荘厳なものにしてくれた」(82頁)(不帰順モール人とフランスの間には交渉があり、知人たちの証言によれば、サンテクスは彼らの親愛と尊敬を勝ち得ていたという)。彼は、勇猛なフランス軍大尉に敢然と立ち向かうモール人、ムーヤンに感嘆した。戦い始めてから、アラーの神の威信が彼の人間を変え、彼を崇高にした。サンテクスは「自分の自由を護るのでもなく(なぜかというに砂漠の中では人は常に自由だから)、目前の財宝を護るのでもなく(なぜかというに砂漠は赤裸だから)、一個人知れぬ王国を護っているこのモール人を賞賛する」(92頁)と書いている。

これは死を軽んじ、危険を好む軽薄さや蛮勇とは全く異なる。ここで彼が言う「帝国」「王国」とは、ある種の民主主義国家に見られるマイホームの集合ではなく、単なる「自分の自由」や「財宝」、つまり自我や我欲を遥かに超えた何かのために、神のために、人々が献身して成り立つ世界のことである。そのために自己の命を懸けるときっぱりと決意し、一種の自我超越をしてしまった人々に対して、彼は賞賛を惜しまなかったのだ。それを彼は時として「遊び(jeu)」と呼ぶ。これは決して勤勉や真面目に相反する意味での、片手間の遊びではない。「僕らは砂漠というこの遊びのルールを認めたのだ。……サハラ砂漠がその姿を見せるのは、僕らの内部においてである。砂漠へ近づくということは、オアシスを訪ねることではなくて、一つの泉を僕らの宗教にすることだ」(77頁)。「帝国」、「王国」は個人を超えた存在を、すなわち神を戴く世界であり、「遊び」は「宗教」への道程なのだ。「これが砂漠だ。もともと遊びのルールにすぎない一冊のコーランが、砂漠を王国に変えてしまう。……砂漠の真の生活は……ここへ来てまでなお行なわれる遊びだ」。そして「これはあらゆる人間について言えるのではないか?」と彼は問う。

彼は「子供時代の遊びのことを、僕らがさまざまの神々が住んでいると信じていた、暗くそして金色の(sombre et doré)あの庭園を、……知り尽くすことのできなかった無辺際の(sans limites)あの王国を」思い出す。未知で危険を潜めているがゆえに「暗く」、命と喜びに溢れているゆえに「金色の」庭園、この果てしない王国には無限性があった。大人になって帰郷し、子供時代の庭園の小ささに驚くとき、人は気づく、「あの無窮(cet infini)の中に自分はもう二度とは入りえないと、なぜかというに入らなければならないのは、あの遊びの中であって、あの庭園の中ではないのだから」(108頁)。子供のときのように、自我を忘れ、無我の中で、無限に広がっていく「遊び」、生きる喜び。それは棟方志功の『板極道』の言葉を思い出させる。

板画ニ熱中イタシマシタコトカラ、大体ミンナノ方々ニ、悪ヲカサネテ来タト、ワビテイマス。親ニハ不孝、妻子ニモ、未ダ不善ヲツヅケテイル極道モノデス。道ヲキワメル所ノモノデハ決シテナク世ニ言ワレルゴクドウデス。……ナントカ、カントカシテ本当ノ極道ニ近クナリタイト気ニシテイマス。コノ心、体デユルサレルデショウカ。……勿論アソブ所マデ乞ウテヨイデショウカ。大ソレテイマショウケレドモ遊ビタイノデス。花深クシテ行跡ナシ。

（283頁）（傍点筆者）

志功の言う「遊ぶ」はまた一段と深い。それは道を極めることであり、こちらの自由になるものではなく、「許される」類のもの、「乞う」もの、「大それた」ことなのである。自己のすべてを投げ入れて生き、かつ生かされる喜び。「この命ある限り歩いていきたい……その道が、どこまで、つづいているのか、不識のところに、わたくしが、今あっているということの幸せをいそしむばかり」（281―282頁）という、宇宙的な深い喜び。サンテクスの「遊び」はその方向に伸びんとする生きる喜びであり、彼が何よりも貴重としたものだった。この神を宿す無窮の世界、「遊び」は、あらゆる人間が生きる上で本来不可欠のものであり、それを忘却した人生が「牢獄」なのであった。

四　遭難

さて、子供時代の庭園にも遊びにも、人はもはや入っていくことはできない。彼のサハラも不帰順砂漠が消滅し、前人未踏の領域がなくなると、「僕らが立ち向かったあの数々の地平線も……消えてしまい」、「神秘」も「魔術」も失われてしまった。では彼は「遊び」を、生きる糧を、どこに見出すのか。その鍵は、『人間の土地』の圧巻である、九死に一生を得た彼のリビアでの遭難を描く第七章にある。僚友プレヴォと飛行中、夜の闇と暗雲に包囲され、無線も効かず、「僕らを世界とつなぐどんな微かな絆もまるでない」、「僕らはあらゆるものの外にある」という状況で、彼は突如激烈な衝撃に呑まれる。彼の機は「時速二百七十キロで地面に激突した」(120頁)のだが、信じがたいことに「砂漠の小高い丘の天辺のゆるい傾斜面に、殆ど切線のように衝突し」、機体が転覆せず砂上を腹ばいのまま突進したため、二人とも奇跡的に生命が助かったのだ。しかし砂漠のまっただ中、残っていたのはごくわずかのコーヒーとワインだけ。飛行機による捜索は期待できなかった。広大な砂漠を三千キロに渡って捜索しなければならないのだから。夜が明ければ一面金属の鱗のような砂漠、鎧のように光る世界である。「見渡すかぎり、ただ虚無」(127頁)である。その日探索に六十キロ以上歩き、機体に戻り、無駄を覚悟で翼の破片を燃やし信号を送る。「人間よ、我らに答えよ!」彼らを待つであろう人々に心の中で彼は叫ぶ、「僕は答えているよ!僕は力の限り答えているよ!」勇敢で沈着なプレヴォは涙を流し、「僕が泣いているのは自分のことやなんかじゃない」と言う。サンテクスにはよくわかる。そうなのだ、自分が死ぬのはまだいいとしても、「向こうで人々が発するであろうあの叫び声、あの絶望の大きな炎……これには堪えかねる。……僕らが駆けつけてやる！僕らこそ救援隊だ！」（130頁）。

プレヴォが飛行機の残骸の中に一個のオレンジを見つけ、二人は分けあった。目前の死は確実なのに、彼はその果実に強烈な歓喜を覚え、「世間の人たちは、一個のオレンジがどんなものだか知らずにいる」、「僕が手中に握り締めているこの半分のオレンジは、僕の一生の最も大きな喜びの一つを与えてくれる」と言う。二人は巨大な金敷のように照り付けられた砂漠を歩き続け、やがて種々の幻想を見、渇きのために喉が塞がり、彼はどうやら最期が近いことを知る。「さまざまな映像の大河が僕を押し流していく、その行く所に、静かな思いが待っていることが、僕には感じられる。河は深い海の中へ流れ込んで、やがて静かになるではないか。さようなら、僕が愛した者たちよ……君たちの苦痛以外には僕には何の後悔もない」（149頁）。「僕は、自分の職業の中で幸福だ。……僕には何の後悔もない。僕は賭けた（J'ai joué <jouer=遊ぶ）。僕は負けた。これは僕の職業の当然の秩序だ。何と言っても僕は、胸いっぱい吸うことができた、爽やかな海の風を」（150頁）。三日で灼熱砂漠を二百キロ歩いた彼らは、もはや希望どころか悲しみも苦しみさえもなく、ただ機械的によろめく足を進める、倒れるまで進もうと。そのとき彼らは行く手の砂丘の上に一人のアラビア人を見る。こうして彼らは隊商に出会い、生きながらえた。この章は余りの迫真力ゆえに、読み始めると途中でやめることができない。

ここで何よりも読者に感銘を与えるのは、死に臨んだサンテクスの心情だ。「僕には何の後悔もない。僕は賭けた。僕は負けた。これは僕の職業の当然の秩序だ」。これは「遊び」を生きる者の見事な姿勢である。こうして一旦諦めたとき、二人を救ってくれたアラビアの遊牧者は「神のように」こちらに近づき、「僕らの肩に天使の手を置いた」。そこには「人種もなければ、言語もなければ、差別もない」。彼らは与えられた水を飲みに飲む。水こそ生命そのもの、この名状しがたい喜び、蘇る命。この章の結尾で彼は救助者に呼びかける、「僕らを救ってくれた君、リビアの牧民よ、君は永久に僕の記憶から消え去ってしまうだろう。僕には君の顔がどうしても思い出せなくなる。君は『人間』(l'Homme)だ、だから君は、同時にあらゆる人間の顔をして、僕に現れる。……僕の目には君は崇高さと親切に満ち溢れて映る、あらゆる僕の友が、あらゆる僕の敵が、君を通って僕のほうへ向かってくる、ために僕には、もはや一人の敵もこの世界に存在しなくなる」(157頁)。死を受け入れ、自我がゼロの極限に近づいていたからこそ、彼を救った一人の人間に彼は人間の本質を直覚しえた。彼にとって、命が助かったことよりもこの発見のほうが重要だった。

人間とは本来崇高なる善であり、友愛によって結ばれている同胞である。ただ個我の牢獄が、我欲、因習、猜疑が、それを隠蔽し、わからなくさせているのだ。「僕にはもはや一人の敵もこの世界に存在しなくなる。」彼はいかに人間たちを、「人間(l'Homme)」を、心底から、全身全霊で愛していることか。これだけの体験に裏づけされた彼の洞察は、手応えのある実体であり、「真実」(vérité)であった。もう助からないと「一度諦めてしまうと(une fois le renoncement accepté)、僕は平和を知った」。危急存亡のときに初めて、「人は己の真の姿(soi-même)を見出し」、「僕らの中に、それまで知られずにあった、何ともしれない或る本質的な欲求を満たしてくれる、あの充実感」、「この静謐」(sérénité)を知る。死を目前にして「渇きに喉を締め付けられながら、あの星の外套の下で、あんなに心が暖かった」のだ。「どうしたら、僕らの心の中の、この一種解放のような状態(délivrance)を、助成することができるだろうか?」(158頁)。「人間の本然(vérité)は、はたしてどこに宿っているのだろうか?」(159頁)。繰り返し彼が述べてきた牢獄からの解放とは、この「平和」、「真の自己」、「充実感」、「静謐」、「人間の本然」に到達することだった。

五　解放の条件

この本の中で、彼は「僧院を選ぶように砂漠や航空路を選んだ人々について語ってきた」が、解放されたいという願望は飛行士ばかりでなく、実は殆どすべての人の中にあると言う。ただ人を牢獄から解放し「僕らを豊富にしてくれる未知の条件」がないため、「ただ新しい機会がないため、適当な土地がないため、厳しい宗教がないため」(160頁)、人は自分の中にある偉大さに気づかないだけだ。そういう条件のもとで、ごく普通の人間が「本然」に目覚める例として、彼はスペインのマドリッド戦線で見かけた兵士について、第八章の「人間たち」で語っている。ある攻撃で先頭に立つよう指名された軍曹が眠っている。その任務は確実な死を意味していた。時間が来て仲間が彼を起こす様子を、彼は「家畜小屋の気持ちのよい暖かさの中で、お互いに首を愛撫しあう馬たち」に例え、「僕は一生の間にこれほどやさしいものを見たことがなかった」と書いている。深い平和な眠りから浮かび上がってきた軍曹が、「時間かい？」と浮かべた笑みに、サンテクスは感動する。この兵士はもとは貧しい出納係で、戦争や政治には別に関心がなかったが、次第に同僚が志願し、その一人が戦死したと知ったとき、我知らず志願したのだ。ごく普通のサラリーマンとして、サンテクスの言う「牢獄」に順応していた彼が、今死を目の前にしてこれほど自然に微笑んでいるのはなぜなのか。生死を共にする戦友仲間の絆はとりわけ強い。「憐れみ、それはまだ二人であることだ。まだ別々であることだ。ところが、友情（relations）には一つの高さがあって」、そこに達すると人は一体となる。「人が解放された囚人のように呼吸するのは、じつにここだ」。サンテクスはそういう「高度な結合」を知った人々を、「同じ樹の枝々」に例えている。枝々は互いに静かに暖かく受容しあう。死の危険をお互いに、お互いのために引き受けるこのとき、「すでに言葉を必要としないあの純一（unité）を見出す」。この兵士は「自分が完成する気持ちを味わっていた。普遍的なものに加担していた。……愛をもって迎えられていた」（169頁）。

ここでサンテクスは二つの美しい比喩を用いている。野鴨の群れが空を渡るとき、農家に飼われる家鴨たちは不思議にも不器用に飛び上がろうと試みる。「空の野性の呼び声が家鴨を一瞬渡り鳥に変えたのだ」。家禽小屋しか知らない小さい頭に、大陸的な広がりや沖つ風の素晴しさが突然入り込んだのだ。また羚羊は、幼いときから飼うと人間によくなつくのだが、成長するとやがて「磁力に引き付けられる」かのように、砂漠の方角に向かってひたすら角で柵を押し続ける。自分では何とも知らず彼らが求めるのは「彼らを完成してくれるであろう広がり（étendue）なのだ。」「彼らは羚羊になりきって」素晴しいスピードで逃走し、跳躍したいのだ、たとえそのために天敵に殺されようとも。「その恐怖のみが彼らをして余儀なく自己を超越せしめて、彼らに最大の跳躍を成就させる」（168頁）のであったら、死の恐怖が何だというのだ。鴨や羚羊でさえ、閉じ込められている小屋や柵から解き放たれ、野生に帰ることを望む。「自分を完成してくれる広がり」、「普遍への加担」、自己の本然を求めるのは動物も人間も同じだ。「自分になりきる」とは、今ある自己を「超越する」ことであり、我欲や因習から解放され、大自然あるいは人類共同体という大いなるものの一部として、真の自分になることである。

　では解放されて本然に向かうにはどうすればよいのか。飛行士として彼が身をもって体験したのは、空から見る宇宙的視野と、生死にかかわる緊急事態が人を解放してくれるということである。砂漠で死を目前にして、たった一つのオレンジを僚友と分かち合うことに深い喜びを感じるのは、ほとんど個我を抜けて友と、そしてオレンジとさえ命が響きあうからだ。サハラに不時着した僚友を救助する仕事の大きな喜びに比べると、他の喜びはかりそめとしか思えないと彼が言うのもそのためだ。マドリッドの兵士の場合も同じことである。すると真の自己を見出すには、飛行して砂漠に墜落したり、戦争で突撃したり、死ぬ危険を冒さなければならないのかと読者は思うかもしれない。確かに昔から、自我を打破し大悟するのは大病や事故など危急存亡の時が多く、「諦め（renoncement）を受け入れる」のは生易しいことではない。しかし解放への渇望はもともと人間に内在しているのだ。彼は言う、「僕らの外にあって、しかも僕らの間に共通のある目的によって、兄弟たちと結ばれるとき、僕らは初めて楽に息がつける。……愛するということは、お互いに相見合うことではなくて、諸共に同じ方向を見ることだ」（169頁）と。自らを解放するには「お互いを結びつける一つの目的」を認識すればいい、それは各自の仕事を通じてするのが近道だろうと。

これには反論があるかもしれない。主義、イデオロギーの相違によって、現に「同じ方向」を見、「一つの目的」をもつ集団間に戦争が生まれているではないかと。だが、人間は「同じ地球によって運ばれる連帯責任者、同じ船の乗組員だ。……お互いに憎み合うのは言語道断だ」と彼は断言する。「本然（la vérité）というものは、渾沌を作り出すものではなく、……全世界に共通なもの（l'universel）を引き出す言葉なのだ。」（172頁）。人間というものは解放されたいのだ、自分に充実感を与える目的に打ち込みたいのだ、とサンテクスが語るとき、その対象がファシズムとなりうる懸念を覚える読者は少なくないだろう。しかしファシズムは、自らのために他を圧殺しようとする国家的規模の小我であり、決して「普遍」(l'universel) ではない。「普遍」はその中に憎むべき敵を含まない。人間は実の所、一人残らず、小我という牢獄から普遍・永遠に向かって解放されたいのだ。まずは「自分の外にある共通の目的」に向かって歩み出してみればいい、身近なことから普遍への一歩を。特に、地球環境の危機がグローバルに認識されている現代は、共通の目的を持ちやすい時代といえよう。

六　住処

幾度となく星を頼りに飛行した彼にとって、星は普遍・永遠への方向を意味した。「星々の間に自分の道を読み取り」続けてきた彼は、いわば星の視点から深い愛をもって地表を見てきた。彼が砂漠に一人不時着したときのこと、砂丘の頂上で夜目覚めたとき、目に入るのは星空だけで、自分と夜空の深さの間に何一つなかった。彼はその深さの中に墜落するような錯覚を覚え、ついで地球が彼の身体をしっかりと支えているのを感じ、堅実感と安全感を味わった。そのとき彼は心が素晴しい夢想で満たされるのを感じて、その喜びに身を委ねる。それは松と菩提樹が茂る広い庭園のある、懐かしい子供時代の「愛する古い家」だった。「この家のおかげで、僕は砂漠に墜落した哀れな肉体ではなく」、「僕には見当がついた（je m'orientais）、僕はこの家の子供だった、僕の中にはこの家の匂いの思い出が……廊下の爽やかさが……この家を愛した声々が満ちていた」。その家は砂漠の「千の沈黙を集めて作られた沈黙」（64頁）から彼を護る。虚空の中に投げ出された彼は、自己のアイデンティティを「この家の子供」に見出して落ち着きと幸福に満たされる。そして永遠に対する憧れの由ってくるところ（l'origine）は家でもあったと知る。

その家には巨大な戸棚があり、中には山のような真白のシーツや卓布がしまってあった。老いた家政婦がその管理保管をして、「その家の永久性を脅かす摩損の兆し」を速やかに取り除いた。「家のありがたさはそれが僕らを宿し、暖めてくれるためでもなければ、またその壁が僕らの所有だからでもなく、いつか知らない間に、僕らの心の中に夥しいやさしい気持ちを蓄積しておいてくれるがためだ」（66頁）。尽きることのない卓布とシーツ（雪白の卓布やシーツは彼の他の作品にもよく登場する）は、暮らしにとって最も重要な食事と睡眠を人に与える、暖かさ、安心、忠実、無償の愛であり、人をそのまま受け入れ包んでくれるものだ。人は子供のようにそれに身を委ねるではないか。この砂漠における家の夢想は単なる子供時代の思い出ではなく、まして幼児期への退行などではない。人間が無条件に自己を委ねることのできる対象の象徴だ。星々の間に身一つになった彼を、支えてくれるのは地球であり、その中心にある、己を育んでくれた家、愛に満ちた人々であると知って、彼は安んじてそれに身を委ねるのだ。

天には永遠の星々、地には無償の愛の源である庭園と家。この両者の間に彼の言う「遊び」、すなわち真の人生がある。事務的日課、ワンパターンの生活、小我という牢獄ではなく、本当は「遊び」こそ人間の住処なのだ。彼がいかに人々を魅了し、喜ばせるのに巧みであったかは多くの人の語るところであるが、彼は人生の素晴しいひとときを表現するのにしばしば「祝祭」という言葉を用いた。祝祭とは本来人が神を祭り、自己を投入し、神と交流する時空間である。無窮を含み、神を宿す「遊び」のあるところには、おのずと祝祭が生まれる。ある意味で子供のように正直に「遊び」に住まおうとした彼は、現実世界では不器用なところがあったが、それさえも多くの人に愛されたという。彼は体験を語る以外に牢獄から抜け出す方法を人々に教えはしなかったが、彼の主張を身をもって行動し、遥かに強烈なインパクトを与えた。第二次世界大戦時、フランスがドイツに蹂躙されたとき、戦力の上で到底勝ち目がないにもかかわらず立ち向かう祖国に、彼は飛行機での参戦を願い出た。すでに著名であり四十を越えていた彼を、危険から遠ざけようとする周りの懸命な努力に執拗に抵抗し、彼は死の危険を十分承知の上で偵察機の操縦士として参加、幾度も危機を脱したが、一九四四年に消息を絶った。

彼の死については様々なことが言われている。派閥争いに分裂するフランスに心を痛めていたこと、どの党派にも組さない彼を中傷する人々に傷ついたこと、身体的に相当のダメージが現れていたこと、人間的なつながりよりも合理主義一辺倒のアメリカ流の飛行組織に失望していたこと、等々。しかし良心のとがめなく安全なところで執筆に励める境遇にありながら、彼があくまで飛行参加を主張したのは、飛行士たちが最前線で危険に身を晒しているのに、自分がその一部とならずにいることはできない、個我を超えて人間のつながりに一身を投じたいという願いが根底にあったことは否定できない。こうして「家」に育まれた人間愛ゆえに、永遠という「星」に向かって、彼は姿を消した。二〇〇四年初頭、サンテクスが戦時中に行方不明になって六十年後、彼の乗用機と思われる残骸が発見されたとき、世界のニュースに大きく取り上げられたことは、今も彼が人々に「風と砂と星々」の詩を響かせ続けていることを示している。

おわりに

サンテクスは繰り返し読者に呼びかける。小我から解放され、普遍・永遠に向かえ。そこに真の生きる喜び、「遊び」があり、人生の「祝祭」が生じると。それは身近な例でいうと例えばこういうことだ。これなら無条件に愛することができるというもの、これなら自己を委ねられるというものはないか。一つでも心に浮かべば、それはやがて人間の根本的つながりを信頼していくことに通じる。人々が恐れている死とは、いざわが身に降りかかればドラマチックに恐怖すべきものではない。それよりも死を前にすると、他の人々へのつながりの強さ、愛の深さに圧倒される。だから人生に悔いのないよう、十分に人とのつながりと友愛を生きよ、その中で自己の責任を果たせ、そこから永遠への道は開ける。「たとえ、どんなにそれが小さかろうと、僕らが、自分たちの役割を認識したとき、初めて僕らは、幸福になりうるのだ、そのとき初めて、僕らは安らかに生き、安らかに死ぬことができるのだ、なぜかというに、生命に一つの意味を与えるものは、また死にも一つの意味を与えるはずだから」（176頁）。

〔註〕訳は一部を除き堀口大学訳による。

〔文献〕

1 Saint-Exupery, A *Terre des Hommes*, Paris, Gallimard, 2003
2 Saint-Exupery, A *Le Petit Prince*, Paris, Gallimard, 1965
3 サン=テグジュペリ『人間の土地』、堀口大学訳、東京、新潮社、1970
4 サン=テグジュペリ『夜間飛行』、堀口大学訳、東京、新潮社、1971
5 サン=テグジュペリ『戦う操縦士』、堀口大学訳、東京、新潮社、1969
6 シフ、S『サン=テグジュペリの生涯』、檜垣嗣子訳、東京、新潮社、1997
7 棟方志功『板極道』、東京、中央公論社、1999

8 矢幡洋『星の王子様の心理学』、東京、大和書房、1995

死ぬことと生きること

――サン＝テグジュペリ『戦う操縦士』と武士道

はじめに

日本でも人気のある『星の王子様』は、愛する花の仕打ちに傷ついた王子が、自分の小さな星を旅立って地球で様々な体験をし、より深い愛に目覚めて星に帰っていく童話風の物語である。それを書いた頃、サン＝テグジュペリ（以下サンテクスと呼ぶ）は体験に基づいた極めて現実的な大人の物語、『戦う操縦士』を書いていた。その主人公もまた出立して、強烈な経験を経て戻るのだが、作者自らの戦争体験であるだけにはるかに苛酷でリアルである。第二次世界大戦のさなか、彼は仏軍偵察飛行部隊所属の搭乗員として、生還の望みの殆どない任務を帯びて飛び立つ。奇跡的に死を免れて帰還した彼が、命を懸けて得たものは何か。それは現代の私たちに何を伝えてくれるのだろうか。

一　庇護の外へ

本書には繰り返し出現するテーマがある。それは「安全で快適な場所から危険な所に出ていく」というテーマである。まず、冒頭に登場するサンテクスは夢を見ている。夢の中で彼は十六歳で、コレージ（専門学校）にいる。そこは日光が快く当たる、友愛に満ちた楽しい場所であり、「保護の行き届いた子供時代」（5頁）（以下傍点筆者）である。その幸福に浸る彼は、一方では皆いつかは出て行くことを知っていて、それを「孵卵器の温暖な平和」と呼んでいる。卵がいずれ孵って雛となりやがて飛び立つように、「遊びのときは終わった」生徒たちはそれぞれに「世界を建設するために、あるいは敵手に打ち勝つために」、コレージを去って世の中に、「中国よりももっと遠方へ」、「二度と会えないかもしれない」（7頁）遠い所へと出て行く。事実、夢から覚めればときは第二次世界大戦の只中、彼は「超低空で敵陣地アラスを偵察」という「犠牲的任務」へと呼び出されるのだ。しかも仏軍は敗北と混乱のさなかにあって、彼の任務も作戦上全く無駄であり、己の死も無意味となる状況にいる自分を、彼は「天寵に見捨てられたキリスト教徒に似ている」とか、「神が身を引いてしまったとき」に役目だけは果たすようなものだと述べる（17頁）。これは保護された子供時代から死の危険への出発を示す最初のシーンである。

第二は、離陸後の飛行機の中での経験である。一旦操縦を始めると、彼はその操作に専心し、「成熟する果実のように」、「遊んでいる子供のように」懊悩のない存在となる。「僕は、機全体に伸び広がった（étendu）一個の組織体だ」、「機体から哺乳されて、一種子の親に対するような愛着を感じる」（37頁）。それは機体に支えられているという「幼児のような愛着」である。出発前の不安や恐怖は薄れ、「自分の実行の寸法」に沿って「自分の職務を遂行している」という満足感に取って代わる。彼は愛機と一体化し、日常馴染んだ操縦操作に一時的な心の安定を得るのだ。しかし「戦闘機左前方！」の言葉が雷鳴のように鳴り響くとそんな安定は吹っ飛んで、そのとき彼はひたすら「自分が誰のために死ぬのか知っておきたい」（48頁）と痛感する。幸い銃撃の危機は逃れたものの、凍結した操縦桿を動かすのに体力を使いすぎ、心臓の不調を起こして失神しかけた。危機一発で意識を取り戻した彼は、この墜落死の危機を同乗者には告げなかった。ここにも、親に守られる子供のような安心から、否応なく死の危険に晒されていくという動線がある。

第三は、「真の冒険」について彼が語る印象深い場面である。彼は言う、「かつて僕は冒険を体験してきた、航空郵便路の開設、サハラ砂漠横断の長距離飛行、南米空路の開拓……等。ところが……（中略）戦争は冒険ではない、戦争は病気の一種だ」（68頁）。戦争で経験した唯一の冒険は、一九三九年の冬、所属の隊が舎営したオルコント村での朝の起床だったと彼は言う。煉土壁の農家は夜には水瓶の水が凍るほど寒さが厳しかったので、朝目が覚めると先ず暖かいベッドから出て、薪に火をつけてベッドに戻り、炎が立つのを待ち再び炉のところまで行くのだが、ベッドから出るには一大決心を要した。なぜなら「昼間は高空の鋭い敵弾に曝され」、肉体が「戦争のための付属品の倉庫」と化している状況にあっては、「この空っぽな凍りつきそうな部屋の質素なベッド」は「世の中で最も素晴らしいもの」、「休養の至福を味わい」、「安全感を楽しめる」場所である。このベッドから「肉体を引き出して凍りそうな水で洗い、髭をそり、着衣させ」れば、それは敵弾の「鉄の破片の前に肉体をさらけ出すため」だった。「この離床は母の腕から、母の乳房から、引き離される時のあの気持ちに、幼いころの小児の肉体を可愛がり、愛撫し、保護してくれる一切のものから引き離される時のあの気持ちに似ていた」のだ（70頁）。

意を決して歯を食いしばってベッドを飛び出し、炉に点火すると部屋を横切りベッドに戻り、火が燃え上がるのを見守る。その火は「準備の成った祝祭のように」楽しく歌いだす。彼には「この優しい火に護られていることが、忠実で敏捷な、よく働く牧羊犬に護られているような気持ちがした」。それから彼はベッドから一っ飛びに火のところに走って体と心を暖める。このように点火してベッドに戻り、最後に炎のところに行くために、彼は「三度、歯をがたがた言わせながら」部屋を横切り、「極地探検でもするような気持ちを味わった」。それは「砂漠を横断して、幸福の港へと向かう」ことであって、彼には「実に一大冒険だったのだ」。この「睡眠と、火と、砂漠」は「三つの異なる地方、異なる文明」だった。最初は「母の胸にとりすがる幼児の大切に保護された肉体」が、やがて「苦しむために作られた兵隊の肉体」となり、それから「火という文明の歓びを享ける大人の肉体」になる。火は単に文明の利器というのではなく「客人、同僚に敬意を表す」もの、祝祭の歓びなのである。

したがってベッドから寒さの砂漠を経て炉へという動きは、保護される〈子供〉から友愛の〈大人〉へという、人間の精神的成長、拡大を示すものにほかならない。こういう成熟のために「砂漠を横断すること」を、彼は「真の冒険」と呼んだ。冒険においては、砂漠を越えれば祝祭がある。しかし、今向かっている犬死同様の任務に「冒険」はなく、「あるのはただ絶対的な空虚だけだ」。たとえ瀕死の危険を冒しても冒険には意義があったが、今は虚無の死に向かって進むだけなのだ。

さて第四は、機上から眼下を見てよみがえる一つの思い出である。遠い幼年時代、彼が六、七歳だった頃のこと、子供たちが寝ているべき夜の八時頃に、彼は温かい子供部屋から廊下に忍び出たことがある。大きな田舎家の一階の「途方もなく広い」廊下が、彼にはいつも怖かった。廊下は寒く、真ん中あたりに小さいランプがあって薄ぼんやりと暗がりを照らしており、ひっそりとした中で板壁が音を立ててはぜていた。こっそりと「世界探検に出かけた」ものの、彼は恐怖から深入りしかねて、卓に登って座り込む。すると応接間のドアが開いて、二人の叔父が出てくると廊下を歩き始めた。「この二人の叔父が、僕にはふだんから非常に怖ろしかった」ので、「見つかると思ってぶるぶる震えていた」。二人は廊下を行きつ戻りつしながら現代の世情を論じていた。彼にはそれは「大人の秘密」、「秘められた宝物」を運ぶ潮のように思われた。それは「星の運行のような規則正しさ」で繰り返される潮であり、「永久的なものの味わい」があった。幼い子供の心にそれは「海の広さよりもなお寓話的な何物かを静かに築き上げてくれ」、そこには貴重な「拡がり(l'étendue)」があった(92頁)。今飛行する彼は「二万メートルの上空から一州ほども広い土地を俯瞰する」のだが、それよりもあの子供時代に味わった空間の方がずっと広かったと彼は言う。

サンテクスは四歳で父を失ったが、愛情深い母と兄弟姉妹たちとともに非常に幸福な子供時代を過ごした。それは厳しい父親の不在と、優しい母親と一族の保護のゆえに、彼にとってひたすら温かい「孵卵器の温暖な平和」であったにちがいない。しかし一方で、社会への導き手である父親がいないため独力で出ていかねばならず、暖かい家庭の庇護と外界の荒波との隔たりは一層強く感じられただろう。未知の世界に続く「廊下」が怖ろしく同時に「途方もなく広い」のは、そのためでもあっただろう。人は誰しも子供時代から出て行くのだが、しかし彼が幼い時のあの広い廊下が、一体なぜ死地に向かう今の進路に繋がっているのか。傍点部からも明らかなように、ここに繰り返し現れる子供時代から死の危険へ向かうシーンは何を意味するのだろうか。

死の危機に晒されるとき彼が保護された子供時代を思い出すのは、単なる逃避や回想ではない。

人が死に直面する時、自己の無力さ、小ささはまさに幼児そのものといえる。己の死は自分の力や理解を超えた、人間経験の次元を超えたものだからだ。ただ、子供には護ってくれる親がいるが、死を前にした大人は死から護ってくれる何者ももたない。子供は親の胸にすがるが、大人は何にすがり何に向かって自己を委ねればよいのか。このとき過信していた自分の能力、強さ、知識は落剥し、人は幼児のように素裸になって自分を委ねうるもの、受け止めてくれるものを求めざるをえない。人間は例外なくいずれ死ぬのだから、庇護から出て死に直面するサンテクスの状況は実はあらゆる人間に当てはまる。ただ人は日常自らの死から目をそらし考えないでいるが、目前に死を突きつけられたサンテクスは、否応なく死と向き合わざるを得ない。したがって彼のこの体験は死すべき万人にとって貴重な資料となりうる。

二　死に直面するとき

航空開拓時代の飛行士は死ぬ確率が高かった。多くの同僚を失い、またサンテクス自身九死に一生を得る事故が多かったから、彼が以前から死に関心を持っていたのは当然である。本書でも彼は間一髪で死を免れた人々の話を記し、人間が死に直面したときどう感じるかを述べている。たとえば空中戦で自機を撃ち落された同僚サゴンが、「十秒間は自分でも死んだものと思い込んだそのとき何を感じたか」というと、彼は飛び降りるときの状況と技術に意識を集中していたため「欲望も……何も感じなかった」(55頁)。そのため却って十分時間があるように感じられた。死に直面したとき感じると一般に信じられている切迫した焦燥感はなく、意外にもいつもの彼がいて、ただ一瞬時間の外にいるような気がしたのだった。またサンテクスは、空中魚雷に破壊された家の下から、一人の男が数日後に救出されるのを目撃した。男はそのときどんな気持ちだったか聞かれると、「心配だった。長い時間だった。体が痛かった」という類のことしか言わなかった。人々が尋ねたのは、死を前にして「君はそのとき何者だったか、何が君の中に現れたか」ということだったが、死に直面したからといって、全く新しい人間が出現するわけでも世界が一変するわけでもない。「平凡な一坑夫の死の中には平凡な一坑夫の死があるだけ」だ。人は生きてきたように死ぬのである。

死に隣接して突然の天啓を得ると思われるような場合もあるが、「天啓というのは徐々に準備された道の『精神』による急激なヴィジョンにほかならない」と彼は言う(60頁)。「この緩慢な準備」こそ生きるということであり、「生きるということは徐々に生まれることだ」。彼のいう冒険、つまり子供時代のまどろむ温もりから、苛酷な砂漠を通って連帯の「火」に辿り着く道程、それが「緩慢な準備」、「生きるということ」、精神的成熟である。人はその準備の度合いに応じた死の直面の仕方をする。死に臨んで自分が築いてきたものが現れるのである。ある人が死ぬときに不可視の壮麗な建築が出現するとすれば、それはその人が「目に見えない建築のためにせっせと重い石材を運んで」生きてきた者だからだ。それが人間は生きてきたように死ぬということである。ではサンテクスはどのように生きてきたのか、そしてどのような死に向かっているのか。

もう一度幼時の記憶のあの広い廊下に戻ろう。「幼年時代、僕らがてんでにそこから出て来た、あの偉大な領土！僕はどこから来た者だろう？僕は自分の幼年時代から来た者だ。僕はある国の者だと同じく、幼年時代の者だ（Je suis de mon enfance.）」（90頁）。前作『人間の土地』でも、単独飛行中にサハラ砂漠に不時着したとき、彼は我が家を回想して、「僕はこの家の子供だ」と、子供時代の広大な愛の記憶に支えられる。本書においても幼年時代の家は「海の広さよりもなお寓話的なもの」、「広がりの感覚（le sentiment de l'étendue）」を彼に与えている。その「幼年時代の者」であるとは、彼が一貫して広がり（l'étendue）を希求してきた者だという意味だ。今、無意味な死という不可視の壁を前にして、彼は「広がりに対する渇き（aspirations）」を覚え、それこそが「あらゆる人間のあらゆる憧憬の共通の尺度」（93頁）であると言う。「ある偶然が人間の心に愛を目覚めさせると……この愛が彼に広がりの感覚を引き起こす」。たとえば何か危機が迫るとき、突然人々は連帯感に目覚め、今生きていることの計り知れない価値に気づく。一人が全体と結びつき、一瞬が永遠に繋がる。「感動は、広がりの感覚なのだ」。確かに深い感動を考察すれば、広がりの感覚が含まれていることがわかる。ウイリアム・ジェームズに始まり、マスローからミンデルに至るまで、多くの心理学者によって日常次元を越えた覚醒的な広がりが研究されていることは、その重要性を示すものだろう。

サンテクスによれば、その広がりとは視覚的なものではなく「精神にのみ与えられる」。「一文明とは……人間に彼の内的広がりを示してくれる幾多の世紀を通じて徐々に蓄積された、信念と、習俗と、知識の遺産である」(93頁)。「幼年時代の家によって与えられた広がり、オルコント村のあの僕の部屋によって与えられた広がり」、音楽、詩等芸術によって与えられる広がり――広がりとはすべて「尊い財宝」であり、「文明のみが与えうるもの」なのだ。その文明が、今崩壊しつつある――ナチスが台頭し、「フランスが蹴散らされた蟻の巣さながらの混乱を来たしている今」(95頁)。村落は破壊され、火災は蔓延し、祖国は「巨大な無秩序」と化している。人々は立ち退きを命じられ、我が家、我が村を打ち捨てて、行く手も知らず流れてとどまらないシロップのように道路を移動していき、村は無残な廃墟になる。平和なときは人々はどこに何があるかちゃんと知っている。一切のものは収まるべきところに収まり、誰がどこにいるかわかっていて、人は「世界に身の置き所がある」。「樹木のように」、それぞれが「自らより大きなものの一部をなして」いる(98頁)。しかし今人々は「自分の家の永久性を信じることを諦めて」、幾世紀も存続する村落を、親代々からの家を、わけもわからず立ち退いていく。「今や、住むことは終わったのだ!」(100頁)。彼のいう「住む」ことは平和を、文明を、したがって「広がり」を可能にするものだ。脱出することでは「広がり」を得られない。「広がり」とはどこかに逃れて「見出すもの」ではなく、住んで「築くもの」だからである（94頁）。「住む」とは単に一箇所で生活するという意味ではなく、定住や移動にかかわらず、自己よりも大きなものの中にあって自他の存在を肯定することであり、永遠の中で「意義と所を得る」ことである。時間と空間を通して継続する何かにコミットし自己を預けることであり、つまりは存在の意義、生きる意味にほかならない。

住むこと、平和、文明、広がりの生みの親であった祖国は、今醜悪な崩壊の只中にあるのだが、しかし「君が愛する女が、トラックに轢かれた場合、君は彼女の醜態を批評する気になるだろうか？」と彼は問いかける（125頁）。フランスは「全世界が協力もせず戦いもせずに審判役に回った以上、自ら轢死を買って出る役割」を、失敗と決まっている「遅すぎた抵抗の第一歩」を実行した。敗北がわかっているこの戦争は、実行面では馬鹿げていても、やらざるをえない意義があった。フランスがそれを引き受けたので、「僕は死を甘受しているのだ」（129頁）。だから焼死する飛行士を、死体が醜悪だからといって「絶対に見物人の分際で審判してなどほしくはない」。自分一人安全圏に逃れて、祖国の惨状を傍観し批判することは到底できない。そう思い定めてあの「広がり」を、「尊い財宝」を可能にしてくれる「文明」のために死地アラスに向かう彼は、徹頭徹尾「広がり」を希求する者である。このようにして子供時代の廊下は今の飛行に繋がっていたのだ、と彼は理解する。

いよいよ高度七百メートル、全軍団の掃射を浴びることになる地帯に入っていく。それは射撃というよりは「一つの胡桃を千本の棒で叩き落させるようなもの」であり、まず生き延びる見込みはない。そのとき彼は「最も遠い昔の思い出」である「ポーラという名のチロル生まれの家庭教師」を思い出す。彼が物心つく前に彼女は故郷のチロルに帰ったが、彼女から手紙が来ると母が読んで聞かせ、返事を書かせた。「彼女を知らないため、それは幾分お祈りに似ていた」。母を通して美しい愛の思い出となったポーラに、彼は呼びかける。「ポーラよ、敵が打ち出したそうだ」、「ポーラよ……僕、少しも怖くなんかないよ。少し悲しいだけさ」(137頁)。しかしいよいよ射撃が激しくなり、「この野辺一円が一挙に活動し始め」、一帯が武器の光の洪水、「厚い槍襖」となったとき、「何でも知っているポーラ」や「少年時代まで記憶を辿り、絶大な庇護の下に身を置いているというあの気持ち」は吹き飛んでしまう。「大人のための庇護はなかった」のだ(142頁)。すべての防御物を奪い取られ身一つとなって、砲弾の爆発に機を揺さぶられながら、彼は死に直面――というよりもいわば死の真っ只中を飛んでいた。

三　自己よりも広大なもの

弾片が当たれば機体も肉体もずぶりと貫くであろう無数の衝撃が続き、あと十秒生き延びるか、あと二十秒かという状況で、彼は驚いたことに「肉体なんかはどうでもいいのだ」ということを発見した。それまで彼は「身を置く観点は必然的に自分の肉体のそれだった。……自分は肉体のことを、これが自分だと呼んだ。それなのに、忽如として今この幻影が崩壊する」（150頁）。たとえば自分の息子が焼死しかかっていたら、誰でもわが身の火傷もかまわず救出しようとするだろう。そのときあんなに大切にしてきた肉体がいっこうに惜しくないことに気づくだろう。「君は、君の行為そのものの中に住む。君の行為、それが君なのだ」（151頁）。君は「息子の救出」であり、「身をもって換えるのだ」。肉体は「道具」にすぎず、重要なのは行為、「息子の救出」だ。そのとき「君というものの意味がまばゆいほどはっきりと現れてくるのだ」。たとえ君が死んだとしても、「自ら廃したわけではなく、紛れた」のであり、「失われたのではなく、自分を見出したのだ」。これは別に異常な意識状態でも「モラリストの夢想」でもない。「ありふれた真実、日常の真実」なのだが、人は普段はそれが全くわからず、肉体を自分と思っている。そして生死にかかわる火急の事態が生じて初めて真実がわかる。「肉体を返却する時になって初めて、いかに肉体にわずかの執着しかもっていないか」を知るのである。

彼は十六歳のとき「これについての最初の教訓を受けた」。弟の一人が病気で亡くなる直前に彼を呼び出したときのことだ。急いで行くと弟は普段と変わりない声で、「死ぬ前に言っておきたかったので来てもらった」と言った。そのとき神経発作が起きて弟は痙攣し始め、手で「否」

の身振りを繰り返した。死を拒んでいるのかと思ったが、発作がおさまってから弟は説明した、「怖れることはないんだよ。僕は苦しくはないんだから。……ただ体は発作を止めることができないだけなんだ。あれは僕の肉体がやっていることなんだ」と。そして用向きを告げ、遺言によって彼は兄に自分の宝物、蒸気発動機と自転車と騎銃を誇らしげに委託した。弟はもうすぐ去る自分の肉体をすでに他者とみなしており、彼自身は肉体ではなく、「この世を去るにあたってもっとも大切なものを兄に与える」という行為そのものであったのだ。同様に死を前にして今サンテクスは理解する、「人は死なない」ということを。死を怖れるだろうと想像していたが、「死に直面するときに及んで死はすでに存在しないのだ」。なぜならそのとき人間は死んでいく肉体ではなく、人に対する「愛の行為」になっているからである。「肉体が崩れるとき、初めて本心（l'essentiel本質）が現れる。人間は絆（relations）の塊だ。人間には絆ばかりが重要なのだ」（154頁）。換言すれば、真の絆が欠如しているとき人間は死を恐れるということになろう。

さて、爆撃の連続の中で、彼は「僕らがまだ生きているとは考えられないことだ」と驚きつつ、衝撃の驚愕と安堵以外に何も感じる暇がなかった。「理屈からいうとまず衝撃の驚きを、次に恐怖を、次に安心を感じるべき」なのだが、実際は「驚きと安心」のみで恐怖を感じる時間がないのだった。まだ生きている、まだ生きている、「僕は、一秒毎に、勝利者だ！」次第に彼は「一種の歓喜の連続の中に生きていた」。それは生きているという素晴らしい実感、「生命が一秒毎に与えられるような」、「僕の生命が、一秒一秒よりはっきりと感じられるような」、「生命の三昧境」であった（156頁）。死を覚悟し既に肉体を手放して初めて、逆説的にも一瞬一瞬の生命が光り輝き、彼は強烈な歓喜に圧倒される。しかしこれもまた何ら異常事態でも特殊なことでもなく、実は「日常の真実」なのだ。本当はあらゆる人間にとって生きている刻一刻が貴重であり歓喜なのだが、平素は慣れてしまい無感覚になっていて、いざ肉体の死が目前という火急時までその真実に盲目なのである。今その目隠しが吹き飛んでサンテクスは、生命は愛と絆にほかならないことをはっきりと理解したのだった。

奇跡的にもついに死地を脱した彼の心にこみあげてきたのは、「美しい愛情（la belle tendresse）」であり、「わが家へ帰っていく」気持ちである。「そうなのだ。僕はわが家へ帰るのだ。二―三三隊は僕のわが家だ。僕にはわが家の人々の気心が解っている」と、彼は「わが家」という語を繰り返す（164―165頁）。もちろん「わが家」とはまさしく「住む」所であり、このとき彼ははっきりと「住む」者となる。前章で述べたように、「住む」とは時間空間を越えて自己より大きなものに帰属すること、存在の意義にほかならない。「僕は存在するためには参加を必要とする」という彼は、今や揺るぎなく「存在」している。任務に自己の肉体生命を、「与えうる一切のものを与える」ことによって、「参加する権利」、「結びつく権利」、「一体となる権利」、「僕自身以上のものと成る権利」を得て、「僕は今までより一層深くわが隊の者になった」（168頁）。前に「僕は幼年時代の者だ」と述べた彼は、今「僕は隊の者だ」と断言する。彼は「幼年時代」、つまりあのオルコント村の、幼児期に似たベッドの温もりから、死の危険という「砂漠」を通り、ついに友愛と祝祭の「火」である、隊という協同体に到達したのだ。現に彼はその行程を、聖地に向かう巡礼に喩え、また「大きな焚き火に向かって駆けつけるような気がする」（196頁）、「自分たちはある祝祭に向かって急いでいるような気がする」（159頁）と述べている。

更に重要なことに、彼の「わが家」は隊にとどまらなかった。「わが隊の者はこの国の者」だからだ。宿の主の農夫が帰ってきた彼を夕食に招きパンを分け与えたとき、「自分が彼らを通してフランス全体に結び付けられている」ことに彼は気づく。このパンが育まれた麦畑を思えば、「実った麦の上を渡る風が海の上を吹く風より一層豊満に見える」のは祖先からの伝来の土地を、代々の精神的遺産の上を吹いているからだ。こうしたパンは身体のみならず心の滋養物であり、この農夫一家の和やかさ、愛、美であり、精神的な「光」である。それが危殆に瀕している今、彼は「あれら目には見えない財宝の責任が自分にある」、「僕は彼らのものだ、ちょうど彼らが僕のものだと同様に」と確信する（183頁）。だから「フランスの敗北がどんなに自分の屈辱であるとしても、その連帯責任を担い」、それをわが身に引き受けようと決意する。そのとき「自分が他のフランス人を責める気がしなくなったと同様に、フランスもまた世界の責任を問うべきだとは考えなくなった。各自に全人員の責任がある。だからフランスに全世界の責任はあったわけだ。

フランスは……世界を一致させる共通の尺度を提供することもできたわけだ」。共通の尺度とは無論、感動の根源である「広がり」、愛を意味する。

それなのに、僕らはその務めを怠ったのだ。各自に全人員の責任がある。……各自にだけ全人員の責任があるのだ。僕は初めて今、自分のものとして引き受け得る文明のよって来るところの宗教の神秘の一つを理解し得た。それは「人間の罪を負う……」ということだ。各人が、万人のすべての罪を負うのである。（191頁）

読む者を粛然とさせるこの言葉に、人は思い浮かべるだろう、人類の罪を十字架と背負い、「神よ、彼らを許したまえ、彼らはその為す所を知らざればなり」と言ったキリストを。サンテクスは己の肉体の死を直視して、自らの否定しえない実感により「子供時代の者」から「隊の者」、「フランスの者」に、さらに「万人の者」になったのである。「広がり」を追求してきた彼にとって、これ以上の「広がり」があろうか。

万人に対する心の広がりを体験した彼は「あらゆるものが僕の心に響き入る。……一切が僕の内部で行われているような気持ちだ」と感じる。存在の根底まで感動するようなとき、人は世界と自分の境界が消失したごとく、すべてが生き生きと感じられる経験をする。彼はそれを「アラスの砲火が殻を破ってくれたのだ」と言う。死の衝撃により個人という殻が破れて広がった彼にとって「個人は道でしかない」。敗北や崩壊を個人のせいにしても無意味だ。個人は「通路であり路地であるに過ぎない」のだから。重要なのはその道を通る「真人間(l'Homme)」である(193頁)。「真人間」とは個々の「人間(homme)」や「集団(la Collectivité)」のことではない。それは大聖堂が石材や石材の総量でないのと同じだ。「個人を超越した真人間」こそ「この民族と僕との共通の尺度」であり、「民族と種族の共通の尺度」である。人間が互いに尊敬しあう根元はこの「真人間」であり、それは内部神性、彼の言葉を借りると、人々が人間のうちに尊ぶ「神」である(200頁)。したがって、彼がいうところの「真人間」は、個人を否定する独裁政治、全体主義、熱狂的民族主義等とは全く異なり、あくまで人間全部を含む普遍的なものであることはいうまでもない。

彼が一貫して求めてきた「広がり」とは、種子が樹木に成長するように、本来そうあるべき存在、天与の「本然(Être)」への自由であり、人間に内在する「真人間」の上昇であった(204頁)。自分が戦死するとすれば、それは「この本然に自己を施与する」ためだ。これは彼が希求した「広がり」の究極だった。しかしそれは「参加しなければ見えない」ものだった。彼はわかりやすい例を次のように述べている。「ひとつの地所のいかなるものかを理解できるのは、それを救わんがために奮闘し……そのために自己の一部を犠牲にした者に限るのだ。これでこそ初めて、彼の心に地所に対する愛情が生まれ出るのだ。一つの地所は決して利益の総計ではないのである」（208頁）。その地所に献身し自己を与えることによって、人は地所を理解し愛し、地所を含む世界にまで自己が広がり、心からの充足を感じるのである。与えることなしに取ることを、利益ばかりを考える現代人が最も忘れかけている真実として、この言葉は私たちの心を打たないだろうか。この「地所」は単に一区域ではなく、現在では地球となり人類協同体となっていることは明らかだ。死を潜り抜けて彼は、それを身をもって実感したのだ。同僚や宿の主一家を通して見えたある種の光、つまり「真人間」という「自己よりも広大なもの」に対する愛のために、人は生き、そのために死に得るものであると。このようにして、庇護してくれる親に無心に頼る子供時代から、死の試練を経て、彼は自己を委ねうる最終的「広がり」を見出したのだ。

四　武士道とは

サンテクスの言葉が感銘を与えるのは、それを彼が身を挺して実行したからである。自分は安全圏にいながら、他人に「〜のために命を捧げよ」と言うドグマやイデオロギーではなく、自分の経験と正直な実感から、まず自らが他者のために矢面に立ったからである。「犠牲は……ひとつの実行だ。それは人が頼ろうとするその『本然』に対して自己を施与することだ」（208頁）という彼の言葉は、奇妙に「武士道といふは死ぬ事と見付けたり」で知られる『葉隠』を思い出させる。事実、『戦う操縦士』の後で偶然に小池喜明氏の『葉隠――武士と奉公』を読んだ私は、両者に予期せぬ共通性を見出して驚かざるをえなかった。山本常朝の『葉隠』、次いで新渡戸稲造の『武士道』を読み、自然と武士道に関するものに注意するようになったころ、急に世の中で武士道が流行し始めた。だが「武士」、「武士道」の意味があいまいなまま使われている場合が多いので、ここでごく簡単に意味・内容を考察しておきたい。

合戦のプロである「つわもの（兵）」、官人・貴族の警護に当たる「さぶらい（侍）」、武力で奉公する「もののふ（武者）」は、次第に総称して武士と呼ばれるようになったが、「武士」が武力をもって公権力に仕える者という意味になるのは十世紀以降といわれる。新渡戸によれば、武士道というある種の精神的規範ができ始めたのは、大体源頼朝の制覇、十二世紀末頃で、いわゆる武士道がほぼ定着したのは十六世紀という。また勝つことが第一であった戦国時代の武士道と、『葉隠』（一七一六年）のように安定した組織に仕える徳川時代の武士道とは、相当に異なるものがある。小池氏はその点について「武士道といふは死ぬ事と見付けたり」で始まる有名な項が、「常住死に身になっているときは……一生落ち度なく家職を仕おおすべき也」で終わっていることを指摘し、趣意は「死ぬ事」ではなく「奉公」であり、武士道というより奉公人道であると強調される（ＨＫ151頁）。戦乱の世において武士が己を懸ける目的は明白であるが、武術が無用となる泰平の世においては武士はその存在意義を失う。実際保身と享楽に堕す者も多くて、どうすれば武士が意味のある人生を送りうるかが問われた。そこを逆手に取って「奉公」に命を懸ける武士道を主唱した山本は、単なる理論ではなく己の体を張ってそれを真摯に生きた。小池氏も「葉隠の魅力は……この心意気にある」（HK34頁）と述べておられる。確かに『葉隠』は、校訂者古川哲史氏が「どこを切っても鮮血のほとばしるような本」と評したように、全般に熱烈なトーンで、時代背景を異にする現代人には共感しがたい内容もあるが、その誠実にして真摯な生き方には大きな感銘を受ける。

一方、英語で『武士道』（一八九九年）を書いた新渡戸稲造は、封建体制に形成された武士精神が実際に生活の中にまだ生きていた最後の世代である。彼は「日本人は宗教教育がないのか（＝道徳教育がないのか）？」と驚きいぶかる欧米に向かって、「日本人の精神の支柱は武士道であり、それは世界に誇りうる普遍的価値を有する」ということを説明するために本書を著した。従って歴史的に特定すべき武士道ではなく、彼の時代の人々を支えたそれまでの日本精神の集大成、文中の言葉を借りるなら「大和心」、副題の言葉を使えば「the soul of Japan」といってよいであろう。しかし本書および歴史にも見るとおり、鎌倉時代以後日本を事実上支配し発展させてきたのは武士階級であり、その武士道的価値観は庶民にも相当に浸透していたので、「大和心」「日本の魂」の重要部分を武士道で説明するのは事実に則しているといってよい。

鈴木大拙もまた英語による名著『禅と日本文化』（一九三八年）において、禅は直覚的な理解方法によって「人を生死の羈絆から解こうとし」（Z37頁）、「危機に瀕した時は……現状打破の革新力となる」ゆえに、武士道に深い影響を与えたと述べている。武士道は「常住死を覚悟すること」、「わが身を誇示せず社会同胞のために深情を尽くすこと」（Z46頁）を徳とする、と彼も言うとおり、『葉隠』のいう「死ぬ事」は、煎じ詰めれば「よく生きること」と同義である。大拙は『葉隠』でしばしば言及される「死に狂い」、「狂気」は、「意識の普通の水準を破ってその下に横たわる隠れた力を解放する」ことだと看破して、「無意識状態が口を切られると、それは個人的の限度を超えて立ちのぼる。死はまったくその毒刺を失う。武士の修養が禅と提携するのはじつにこの点である」と書いている（Z46頁）。大拙によれば「潔く死ぬ」ということは日本人の心に最も親しい思想の一つであり、「潔く」とは「悔いを残さずに」、「明らかな良心をもって」、「勇士らしく」、「ためらうことなく」、「落ち着き払って」の意味で、「とくに武士の仕方で鍛錬されていない……庶民の間にまで」広がっていた（Z61頁）。勿論この「潔く死ぬ」が、実は死ではなく、最高の生き方の美学であったことは言うまでもない。

さて小池氏は、「常住死身に成る」とは一切の「私」を捨て公に奉り尽くすことであり、「死ぬ事と見付けたり」の第一義はここにある、と説明される（HK32頁）。この「私を捨てる」は『葉隠』の随所に見られる。たとえば「私なく案ずる」、「私を除きて工夫いたさば」（HY1―4）、

「我が為にするは狭く小さく小気なり」（HY1―179）、「諫と言ふ詞はや私なり。諫はなきものなり」（HY2―128）、「何にても澄ませば済むものなり（私心を去れば万事それですむものだ）」（HY11―131）等。『葉隠』に頻出する「澄む」という言葉も「私心のない清澄性」（HK216頁）を意味する。絶体絶命の危機に瀕したとき、それを乗り越えるにはどうしても「私を去る」ことが必要だということを、武士は体験から知っていたし、奉公においても、合戦こそないがいつ何時切腹の命が下るかわからない、死が身近にある時代であった。確かに小池氏の言われるとおり、「武士道」と山本の「奉公人道」とに内容の違いはあるが、しかし共に自己の死を超え、主君もしくは大義のために「私を去る」ことを根幹とする点では一致している。

また新渡戸の『武士道』の序文を書いたW・E・グリフィス氏は、武士道に「一粒の麦地に落ちて死なずば唯一つにてあらん。もし死なば多くの実を結ぶべし」という「高き法則」を読み取っている。この「私を去る」こそ、何ものにも臆せず従容として死に臨むことを可能にする、武士道の真髄といえよう。「私を去る」とはサンテクス流にいえば、肉体の自分という捕われから解き放たれて、本然の自己を現すことだ。武士道に特徴的であるのは、危機に臨んでではなく常日頃から「常住死身に」なる修練をしたことである。常住「私を去る」の修練をすることは、いわゆる己を空しうして師に習う「芸」、「技」、「術」等、「～道」と呼ばれる日本の伝統文化に共通する特性であり、さらに深く日本文化の本質を成しているといえよう。一九〇〇年にイギリスに留学して、西洋の個人主義を充分理解し、『私の個人主義』を著した漱石でさえ、大病後は「則天去私」に向かおうとしたのだ。では現代の日本では「私を去る」伝統はどうなったのか。

第二次世界大戦で初めて日本が敗れたとき、自分たちや肉親友人がそのために命を捨てた「君」や「国」は何だったのか、と多くの国民は呆然とした。「尽くす」、「捧げる」、「滅私奉公」等の言葉に、人々が拒絶反応を起こすようになったのはそれからである。怪しい「公」などというものよりもまず「私」だ、自分を捧げるべきものが存在しないなら自分の為に生きるしかないという考え方を、戦後の混乱とアメリカ流個人主義が正当化した。こうして当然ながら西洋の個人主義の伝統をもたない日本人の中に、自分中心主義、利己主義、ミーイズムが広まり、個々人は自我の延長である核家族に望みをかけ、ニューファミリー、マイホームの隆盛となった。しかし個々の家族を支えまとめる社会システムがないとき、各々の家庭は脆弱なものであって個人の支えにはなりえない。そこから家族崩壊、家庭内離婚、家庭内暴力、親殺し子殺し等が生じる。家族の個々人は孤立しても、コンビニとバイトのおかげで「個食」し、「個立」して当座は暮らせるだろうが、真の「自立」ではないゆえに、心底の安心と幸福は得られない。個々の金魚が金魚鉢を嫌って壊してしまったら、金魚は生きられない。今、鉢からこぼれた金魚のような個体主義は何の益にもならないことに、多くの人が気付き始めたのではないか。いかに奮闘してそのために生きようとも「私」、「個人」は必ず死ぬことは自明である。分断された「私」でいるかぎり、死は恐ろしい消滅としか思えない。個よりも大きな存在とつながり、その中に場所を得て、初めて個は生かされるのだということを人々は感じ始めたのではないか。

かつて日本にあったいわゆる「公」は、「御家」、「藩」、「幕府」、「お上」、「お国」から「村落共同体」にいたるまで、上からの一方的抑圧と局外者に対する排他性という致命的な欠点をもっていた。見ようによれば『葉隠』も不自然な自制に傾く要素があり、支配者層に悪用されれば有害なイデオロギーへと歪曲される可能性がある。復古的「公」には十分注意しなければならない。しかしサンテクスの生き方に照らされると、武士道の本質的な価値が浮かび上がり、『葉隠』や新渡戸の『武士道』に見る精神が、国や時代を超えて人々の心に訴えるものをもつことが明白になる。現に『葉隠』を校訂された古川氏は、一九六四年ハワイ大学で発表した葉隠の基調哲学についての論文が広く欧米で反響を呼んだことから、葉隠精神が現代の世界に通じうるものをもっていると確認された。実際、死を前にしても泰然とした「武士」の姿は、時代を越え国を越えて人の心を打つ。今でも毅然として筋の通った人間を「侍」、「武士」と呼ぶことが多い。「弱きを助け強きを挫く」、「義を見てせざるは勇なきなり」など、武士道の根源には、私心を捨て他に尽くすという揺るがぬ姿勢がある。個人主義の弊害を痛感した現代人にとって、常日頃の私心を去る修練によって新たな協同体を見出すことが肝要であろう。

おわりに

武士道を可能にしたのは武士達の「公」であった。元来「公」なき「私」はありえず、「公」はもともと存在するのだが、ただ人間が一時的に盲目になっているだけなのだ。「公」を顧ない現代人は、よく「個人の自由」とか、「人に迷惑をかけないかぎり何をしても自由だ」というが、サンテクスの言葉を借りると、「他人に関連しない実行なんか一つだってありえない」。他から切り離され、独立して自由な個人というものも国も存在せず、すべては根底で繋がっている。「独りだけの個人というのは、存在しないのだ。離脱する者は、協同体を害うのだ。悲しむ者は、他人をも悲しませる」（210頁）という彼の言葉は、ヘミングウェイがファシズムとの戦いを描く『誰がために鐘は鳴る』で引用したジョン・ダンの詩、「何人も島にあらず、一人にて全きものにあらず。みな大陸の一片、本州の一部なり。……いかなる人の死も我を減ず、我は人類に連なるゆえに」を思い出させる。

死が迫り、危機が迫り、個人の脆弱さ、「私」のはかなさが露呈するとき、人々の意識は否応なく「協同体」に、「公」に向かい始める。サンテクスは死を潜って究極的「広がり」を得た。武士は死を覚悟し「常住死身」の鍛錬によって「私を去る」ことを学んだ。現代人は、二十一世紀に頻発する大規模な災害、天変地異、戦争、極度の環境悪化等、地球的な危機に気づいて、利己主義から脱却し、非抑圧的で自発的な、新たな「公」を、人類協同体意識を徐々に得ていくだろう。そのとき「常住死身」、「私を去る」の修練の伝統をもつ日本は、地震・津波対策において世界に役立ちうるように、私心を捨て全体の調和を図る精神と生き方において、世界に貢献しうる。武士道の普遍的価値が生かされるとすれば、このような意味においてであろう。

〔註〕引用文の後の（　）内のアルファベットはそれぞれ次の文献を示す。HYにおいて、上の数字は聞書の番号、下の数字は段の番号を表す。
P＝1　HY＝2　HK＝3　Z＝6

〔文献〕

1 Saint-Exupery, A *Pilote de Guerre* France, Gallimard, 2003
2 山本常朝（和辻哲郎・古川哲史校訂）『葉隠』東京、岩波書店、2004
3 小池喜明『葉隠――武士と「奉公」』東京、講談社、2002
4 新渡戸稲造 *BUSHIDO: The Soul of Japan* 東京、講談社、2004
5 新渡戸稲造（矢内原忠雄訳）『武士道』東京、岩波書店、2006
6 鈴木大拙（北川桃雄訳）『禅と日本文化』東京、岩波書店、1964

あとがき

昔、アメリカの文学作品に触れたとき、私が最も心を惹かれたのは他に類を見ないほどに広大な自然と、それに関わる人間の生き方でした。狭い日本の箱庭的な自然や、互いに助け合う一方で束縛もし合う窮屈な生活に慣れていた私は、全く異なるその風土に興味をもちました。どこの国でもそうでしょうが、自然や風土の影響は抗えないもので、ソローのあくなき自然探求、キャザーにうかがえる、荒々しい自然の田舎と文化的な都会との相克をはじめ、文学だけでなくアメリカ人の生き方の中に、アメリカ特有の自然の野性味がどこかに潜んでいる気がします。私は次第に人間にとって自然とは何か、人生において野性的な自然はどんな位置を占めるのか、そして大自然の中で人間とは何か、個人とは何か、ということに関心を抱くようになりました。十年余りの間にいくつかの作品がその答えのヒントを与えてくれ、それを集めたのがこの本です。

ここに登場する作家たちは、みな自然あるいは荒野に惹きつけられ、深くその懐に自分の存在まるごと入ろうとした人々です。この中でもソローやサートンは比較的に名を知られていますが、たとえばチャールズ・リンドバーグが大西洋単独横断をしたことは知っていても、彼が後年自然保護に大きく献身したこと、そしてここに述べられたような死生観をもっていたことを知る人は少ないのではないでしょうか。この作家たちの中でサンテグジュペリだけはフランス人ですが、彼とアン・リンドバーグは飛行家同士という以上に、初めて会ったときから不思議なほど理解し合い、心が通い合っていたといいますから、強い共通要素があったのだと思われます。日本とは大きく異なるけれども、どこか通底するものがある彼らの生き方を通して、改めて日本の自然観や感性について考えさせられることも多く、彼らの荒野とのかかわりや、個人を超える在り方の探求を、日本の読者にも知っていただくことができたらと思います。

彼らが生きた十九〜二十世紀は科学技術が急激に発展し、人間が大きな希望をもって飛翔し、個々人が思い通りに欲望をかなえようとした時代でした。その結果自然環境は大規模に破壊され、今、人類史上初めて地球壊滅の危惧がいだかれるようになりました。改めて自然と人間を見直すことが二十一世紀に生きる私達の喫緊の課題となっています。人間が支配しているのではない野性の自然とは何か、もともと自然とは何であるのか、自然と人間の関係はどうあるべきか。自然に融けこむ伝統を持つ日本人は、このことがよく理解できる人々だと思うのですが、大自然と人間が調和してこそ人間同士もつながり合い、人類の真の幸福も可能なのだということを、この作家たちは様々な語りで伝えています。皆さんにその一端でもお伝えできたなら幸せです。

最後になりましたが、編集出版に当たっては最初から最後まで、大貫祥子さんにたいへんお力になっていただきました。心から御礼申し上げます。

安井信子

安井信子（やすい　のぶこ）
専門領域　アメリカ文学、比較文化学
現　職　川崎医療短期大学准教授
著　書　『個を超えて――現代アメリカ文学を読む』（和泉書院　一九九四）
『成熟と老い』（共著、世界思想社　一九九八）
『女というイデオロギー』（共著、南雲堂　一九九九）
『涙の文化学』（共著、青簡舎　二〇〇九）
など

荒野と家　アメリカ文学と自然
二〇一一年六月二〇日　初版第一刷発行
著　者　安井信子
発行者　大貫祥子
発行所　株式会社青簡舎
〒一〇一-〇〇五一
東京都千代田区神田神保町二-一四
電　話　〇三-五二一三-四八八一
振　替　〇〇一七〇-九-四六五四五二
装　幀　水橋真奈美（ヒロ工房）
印刷・製本　富士リプロ株式会社

ISBN978-4-903996-42-4 C1097